頼れない国でどう生きようか

加藤嘉一／古市憲寿
Kato Yoshikazu / Furuichi Noritoshi

PHP新書

まえがき

古市憲寿

はじめて加藤嘉一さんを見かけたのは、「ワールドビジネスサテライト」（テレビ東京系）だったと思う。中国で活躍する若き日本人ジャーナリストとして、理路整然とアナウンサーの質問に答える姿が印象的だった。

それからちょくちょく加藤さんの姿をテレビや雑誌で見かけるようになった。日本の高校を卒業後、北京大学に留学、約十年にわたって中国で暮らしてきた加藤さんが語る「リアルな中国」は、日本の大人たちにとっても新鮮だったのだろう。

だけど僕は加藤さんが語る中国事情と同じくらい、彼の「暑苦しさ」に興味を持った。

調べてみると一九八四年生まれで、僕と同学年にもかかわらず、今時の若者らしくないことをたくさん言う。「日本人としての愛国心の大切さ」とか「若者はもっと海外に出るべきだ」とか「自分はランナーだ」とか、とにかく暑苦しいのだ。

僕が去年『絶望の国の幸福な若者たち』という本で書いた、相互承認の中で仲間たちとまったり暮らす「若者」と、国際的に活躍する加藤さんという「若者」はまるで違う。そのことに、研究者としても興味を覚えた。

その他にも加藤さんと僕にはいくつもの対立軸があるように思えた。熱血漢で真っ直ぐな加藤さんに対して、どこか老いている僕。当時加藤さんが北京大学大学院に籍を置いていたのに対して、僕は東京大学大学院。自ら「ランナー」を名乗る加藤さんに対して、ロングスリーパー（昨日は十時間くらい寝た）の僕。

この「熱さ」と「冷たさ」は、「成長期の中国」と「衰退期の日本」とも重なる気がした。まさに今、様々な矛盾と緊張を抱えながらも経済成長する中国と、止まらない少子高齢化や財政赤字に苦しみながら、落日の中にあるように見える日本。

そんなまるで違う二人で本を作ったら面白いんじゃないかと思って、ようやく完成したのがこの『頼れない国でどう生きようか』だ。

「頼れない国」というのは、日本でもあり中国でもある。かつては「一億総中流」と呼ばれたくらいの安定社会だった日本だが、東日本大震災や原発事故を経て、最近では「もう国には頼れない」「国なんて信用できない」という雰囲気が広まりつつある。

一方の中国は、もともと多くの人が国なんかに頼ろうとはしていない。国家による社会保障が脆弱で、拝金主義と相互不信が当たり前の階級社会（それはもしかして、未来の日本の姿とも近いのかも知れない)。

元祖「頼れない国」中国と、「頼れない国」化が進行中の日本。そんな「頼れない国」での生き方を、加藤さんと二人で、自分たちの経験に寄り添いながら考えてみた。

この本の特徴は「地に足の着いた話」が多いことだ。たとえば語学の学習方法、文書の書き方、本の読み方、情報を手に入れる方法、人脈の作り方といったように、加藤さんとは「小さな話」をたくさんした。

「日中外交の行方」や「中国のナショナリズムの行方」といった「大きな話」は、確かにマクロな情報としては必要だけど、明日からすぐに役立つってことは少ない。

だからこの本では、僕たちの生き方や、僕たちが生きる社会のことをできるだけ背伸びをせずに話し合うようにした。いますぐに使えるようなテクニックも多い。また結果的には、「大きな話」からは見えてこない、等身大の中国や日本を理解するのに役立つ本になったと思う。

この本のもう一つの特徴は、動きながら作った、ということだ。対談は場所を変えて、国を変えて、何度も行われた。

ある時は上海の復旦《ふくたん》大学のカフェに座りながら、ある時は毛沢東像の前で、ある時はレストランで飲茶を食べながら。さらには加藤さんの部屋にまで押しかけた。東京でもＰＨＰの会議室だけではなくて、僕が働く会社のオフィスや、僕の部屋にまで加藤さんが来てくれた。

そんな風に、座りながら、歩きながら、食べながら、この本はできあがった。少しでもその躍動感を共有したくて、本文中に入らなかった話は「上海路上トーク」としてまとめた。

一緒に本を作るうちに、加藤さんがただの暑苦しい人ではないこともわかってきた。個人主義者で、できる限り互いの意見を尊重する。柔軟性があって、新しい知識を自分に組み込むことが得意。そんな加藤さんの生き方から「グローバルエリート」になる意味や、その楽しさ、大変さを読み込むのも面白いかも知れない。

二〇一二年秋で、日本は中国と国交正常化四十周年を迎える。だけど最近、日中関係は色々と騒がしい。尖閣諸島問題に端を発した反日デモはかなりの規模になった。また、中国の国内情勢も十年ぶりの政権交代でどうなるかわからない。

そんな誰に頼ったらいいかわからない時代、この本が少しでも誰かの「頼り」になればいいなと思う。

目次

頼れない国でどう生きようか

第一章 語学をどう身につけるか

第二章

使える情報をどう集めるか

第三章 どうすれば読まれる文章が書けるか

第四章

自分をどう管理するか

第五章

人間関係をどうマネジメントするか

第六章
日本と中国、どう見据えるべきか

第七章

「若さ」という武器

第八章

これからどう生きていくか

第一章

語学をどう身につけるか

やれぱみんな
できるのが語学
本気になる必要がないから
語学が
うまくならないのかな
古市

古市が、加藤が半年間教鞭を執っていた上海・復旦大学を訪問。

◆◆◆ 三カ国語を話すための訓練 ◆◆◆

古市　上海には何度か行っているんですけど、街を歩いていると、この風景はもしかすると日本の近未来かもしれない、という気持ちになるんです。

加藤　多くの日本人は、上海は東京のようになっていく、と言います。ことさら年配者にはそう見えるらしい。ところが古市さんは、逆の印象を持つわけですね。おもしろい！

古市　一見すると、上海の人々はすごく豊かそうに暮らしています。でも、実はそこに歴然とした格差があり、街中にも様々な階級の人々が行き交っている。数十万円を超えるハイブランドの服が売られるモールの横では、時給一〇〇円ちょっとで働いている若者がいる。こういった情景は、日本の大都市の近未来像かも知れないという気がして、興味がわきます。

加藤　日中で最も先進型の大都市である、東京と上海。今後は東京が上海を追いかけていく。これはね、ほんとうにおもしろい見方ですね。上海のフィールドワークを重ねて、その近未来像を描いてみたらどうですか。

古市　いいですね。だけど、やっぱり中国語の習得は不可欠ですよね。

加藤　上海でも英語が普通に話せる人は大学を卒業した若者や観光関係などに従事している一

部だから、中国語は必要でしょうね。読む／書くだけではなく、聞く／話すも日常会話くらいはできたほうが当然いいと思います。

古市　加藤さんは、日中英の三つの言語を自由自在に使いこなせますよね。語学はもともとできたんですか。例えば、中学生のときから英語が得意だったとか？

加藤　好きだった。

古市　成績も良かった？

加藤　英語が一番良かったですね。

古市　何か特別な勉強法はありましたか？

加藤　**訓練として必ずやっていたのは、日本語で聞いたことは英語でメモを取るということ。**相手は先生でも誰でもいいんだけど、ヒトの話のメモを取るときがあるじゃないですか。そういうときに、聞いた言語とは異なる言語で書き留める、と決めていた。

古市　それは中学時代からやっていたんですか？

加藤　中学のときは、まだ自覚的にやってはいなかったかな。

古市　じゃあ、高校時代から本格的に訓練し始めた。

加藤　はい。今でも、日本語で聞いたら中国語でメモを取ったり、中国語で聞いたら英語で取ったり、英語で聞いたら日本語でというように、日常的に訓練しています。

古市　へえー、すごい。

加藤　あとは辞書を引きまくる。僕は辞書が大好きなので、ちょっと時間が空いたときも趣味感覚で読んでいます。辞書はいくら読んでも、知らない単語や表現法がいくらでも見つかりますからね。終わりなき旅ですね。暇潰しに辞書をパラパラめくって、「こんな単語があるんだ」と発見する。いい息抜きになるんですよ。言葉の世界の豊饒《ほうじょう》さを知るには、紙の辞書と仲良くなるのが一番の近道です。

古市　リスニングはどうしていました？

加藤　高校の英語では、ＣＤを聞いていたかな。北京で中国語を始めたときは、ラジオを活用していた。中国語の場合、テレビだと字幕が出てきちゃうので、耳を鍛えられない。だから、ラジオをひたすら聞く。ニュース専門の局にチューニングして、寝ているときも聞いていました。

古市　寝ながら？

加藤　睡眠学習ってやつなのかな。英語のリスニングには、英ＢＢＣラジオをつけっぱなしにしていますね。

古市　とにかく外国語漬けの環境を作る、ということですね。

加藤　ラジオをつけっぱなしにしてはいるけど、環境音楽のように聞くだけではダメです。大事なのは、「ヒア」に「リッスン」を、「聞こえる」に「聞く」を加えること。つけっぱなしにして、「ヒア」から得られるのは、その言語特有のテンポやリズム、抑揚に対する慣れですね。僕は何か作業をしながらラジオをヒアしてます。

で、作業に疲れたなあと思ったら、リッスンしてみるんですよ。これから一分間は集中して聞いてみよう、と姿勢を正す。一分聞いて、なるほどこういうことを言っていたのだな、とわかったことを、次に十秒間で、自分の言葉で説明してみる。口頭で、アナウンサーのような気分になって。こうした独学を楽しめれば、語学は伸びますよ。

◈日常の中に語学の学習を取り入れよう◈

古市　うーん、すごく有効な学習法だろうとは思うんですけど、それを日課にできるのは特別な才能という気もする。加藤さんだから楽しめるんじゃないですか？

加藤　あ、語学を特別視しちゃいけませんね。**やればみんなできるのが語学。だから、これから○○語の勉強時間だ、がんばるぞ、と意気込んではダメ。**語学用の時間を作ってしまうと、語学を自分の中で特別扱いして、それが重いプレッシャーとしてのしかかってくるものです。

僕は、日常生活の中に語学の学習を取り入れよう、と言っています。ラジオでもいいし、パソコンのニュースサイトでもいいし、ユーチューブの映像でもいい。もちろん、外国の友人とつき合って話をしてみるのもいい。英会話スクールに通ったり、英語教材を買ったりするのは、日常とは離れた特別な時間や行為なので、僕は勧めません。

古市　僕も日本で英会話スクールに通うような人の意味がわからないんですよ。特に日常会話コースとか。街中で外国人から声をかけられたときのためだけに通っているようなものじゃないですか。業務上の必要があるとは思えない人たちまでが駅前留学をがんばっている。それって、なんなんだ、と。

加藤　学校の英語教育が見直しを迫られている証拠でしょう。

古市　と言うと？

加藤　日本人のほとんどは中一から高三まで、週に何時間も英語の授業を受けますよね。何のために？　受験のために。それで日常会話くらいはできるようになる？　ならない。だから、社会人になってから英語をやり直そうとする。

古市　確かに学校の勉強だけで英語ができるという人はあまり聞きませんね。

加藤　日本の中学・高校でも、受験も含めて、英語って最重要視されていますよね。近頃はリスニングにも力を入れている。ところが、実際に使えるようにはなっていない。その一方で、自分が海外に出るかどうかは別としても、日本において外国人はこれまで以上に増えていく。ならば、少なくとも日常会話くらいは身につく英語教育に変えなきゃいけない。

古市　最近はさすがに減ったと思いますけど、英語の先生が英語を話せないという問題がありますよね。それをコンプレックスにしている先生も多い。

加藤　そう。だから何のための英語教育か、そこから見直さなければいけないと思う。「英語を学ぶ」のではなく、「英語で学ぶ」ための英語教育に切り替えるべきですよ。

古市　英語の授業は四コースぐらいに分けたほうがいいかな。

加藤　僕もそう思う。柔軟に選択肢を増やすべき。色んなレベルの生徒がいるんだから。

古市　日常会話だけでいいよという人向けのコースとか、ビジネスマンとして世界で働きたい人向けのコースとか、いくつかに分ける。

◆◆◆ 語学は恥かいてナンボ ◆◆◆

古市　でも、教育改革はしたほうがいいとして、もう大人になっちゃった人はどうすればいいんでしょうね。語学学習に励む社会人向けに、何かアドバイスはありますか？

加藤　語学の日常化の他に大事なのは、完璧主義から脱却すること。日本人の良くないところはとにかく完璧主義なところ。語彙《ごい》をきっちり覚えてから、初めて作文する。**しっかり聞けるようになって、初めて話す。そんな姿勢でいたら、一生かかっても使える語学力は身につきませんよ。**

古市　完璧に話すことを目標にしないで、積極的に恥をかこう、みたいなことですか。

加藤　そう。語学は恥かいてナンボ。

古市　徹底的に実践主義で行けというのは同感です。たとえばアメリカに旅行に行って、一番始めに出会うのは移民のタクシー運転手じゃないですか。英語もなまっているし、文法も適当。別に誰もが高学歴の白人みたいな英語を話す必要はないですよね。

東大でも英語で開講されている授業はたくさんあるのに、履修者は留学生ばかりなんですよ。日本人の学生は一人とかも珍しくない。英語「を」学ぶよりも、英語「で」学んだほうが、専門知識も英語も身に付いて一石二鳥だと思うんですけどね。

とはいえ、読むにも書くにも、聞くにも話すにも、最低限の単語やフレーズが頭に入ってないと難しいですよね。単語のうまい覚え方はありますか？　フレーズの暗記法とか。

加藤　僕は知らない単語がたくさんあってもいいと思うんですよ。知らない単語が出てきたら、センテンスの中でわかろうとすればいい。それでも気になる未知の単語があったなら、その場で辞書を引くか、書き留めておいてあとで調べる。単語帳は使いません。その分の時間やエネルギーは辞書をひくこと、読むことに使います。

◆◆◆初めは何も知らなかった◆◆◆

古市　英語はともかく、中国語については、加藤さんも何にも知らない段階から始めたんですよね。

加藤　うん、何も知らなかった。

古市　一番初めはどう勉強したんですか？

加藤　北京大学出版社が出している、中国語と英語で書かれた参考書みたいなものは買いましたね。それを、中国語を母語にしている人と一緒に読んだり、わからない言い回しを教えてもらったり。大学のキャンパス付近で露店をやっている暇そうなおばちゃんのところに行って、覚えたての言葉で話しかけたりしていた。「ねえ、これ、何て言うの?」、「おばちゃん、最近楽しいですか?」とか。おばちゃんは暇だから、いっぱいつきあってくれた。

古市　中国語は発音が難しいじゃないですか。暇そうなおばちゃんとのお喋りで、今のような教壇にも立てるような「きちんとした」中国語が身につくものですか?

加藤　そこはね、北京大学の学生に発音を直してもらった。最初の一カ月くらいは、基本的な発音訓練をマンツーマンで一日五時間はしていましたね。大学で中国語のネイティブスピーカーを捕まえてはチェックしてもらい、自分で発音を繰り返してはまた別のネイティブにチェックしてもらう、それの繰り返し。そして、その成果を実践に移す場がおばちゃんとの草の根対話でした。

古市　ふーん、語学を習得するには、やっぱり留学しないと難しいと思いますか。

加藤　いや、僕は「語学には留学が必須論」には賛成できません。日本にいても中国語のネイティブスピーカーはいくらでもいる。

大学生だったら、どのキャンパスにも間違いなくいる中国人留学生と知り合いになればいい。町中でも、中華料理屋には王さんがいるし、コンビニに行けば李さんと会える。知り合いになるのが恥ずかしいなら、中国語のネットラジオでもなんでも使えばいいじゃないですか。無料でアクセスできますよ。完璧を前提にしないで、身の回りにあるリソースを十分に活用しながら、できることからやればいい。

古市　最近、家のそばのタイ式マッサージに通っているんですけど、お店の人からタイ語での日常会話を教えてもらっています。マッサージされながら（笑）。日本人が語学下手な原因は、完璧主義以外にも何かありますか？

加藤　**現場に行く。現場で情報を取る。現場で表現する。そういう「現場力」が足りない。**

僕はどの国への旅行でも、行きのチケットだけ取って、あとは何にも決めません。現場に入って、現場の人と話をして、現場の人がいいと言うところに行って、食事をする。相手がヘブライ語やアラビア語で話がまるでわからなくても、地図やジェスチャーを交えたコミュニケーションを繰り返せばどうにかなる。

古市　そもそも日本の英語の授業が、英語と日本語訳との照らし合わせみたいなことばかりに労力を注いでいますもんね。翻訳者を育成する気か、という。

加藤　現場にはいつも不確定要素があって、だからこそいろんな可能性もあって、驚きもショックもあって、というところを楽しむ余裕を持たないと、語学は身につかない。

◆◆◆まだ日本は日本語だけでなんとかなる◆◆◆

古市　あとは、本気になる必要がないから語学がうまくならないのかな。

加藤　必要がない？

古市　ほとんどの日本人は、べつに英語なんて話さなくても生きていけるじゃないですか。マスコミや教育産業が「これからは英語ができないと生き残れない」とさんざん騒いできたけれども、まだまだ大抵のことは日本語だけでなんとかなっちゃう。

もちろん中国語には及ばないけど、日本語の母語話者数は世界で九番目。日本語人口って実はすごく多い。外国語の本も、向こうでヒットしたらその年のうちに翻訳されて、日本語版が発売されたりもしますしね。実は翻訳がひどい場合もあるのですが、**原書で労力をかけて正確に読むのと、日本語版でざっくり要点を押さえるのを比較したら、よほどの必要性がなければ後者で済ますことができる。**僕がそんな感じです。

加藤　古市さんは英語とノルウェー語ができるんでしょ？

古市　ノルウェーには一年間だけ留学して、いちおうノルウェー語の授業もとりましたけど、そんなに身につけられたという訳ではないですね。

加藤　読むことならできるんですか？

古市　がんばれば。ノルウェー語って、文法は英語に近いし、外来語が多いので、読むだけだったらそんなに難しくありません。しゃべるのはそこそこ難しい。ただ、みんな英語が話せる国なので、そんなにがんばって習得しなくても、何とかなってしまうんです。

人口が五〇〇万人ちょっとの国だから、ノルウェー人もノルウェー語だけでは暮らしていけないんですよ。本も英語のものがすごく多いし、テレビも自分の国だけでは全てのプログラムをつくれないから、イギリスなどから輸入している。そのぶん、みんな英語はよくできますよ。

加藤　じゃあ、古市さんの英語力は？

古市　サバイバル・イングリッシュ。日常会話や旅行で困ることはないしニュースを見たり、同じ専門分野の研究者とディスカッションなら問題ないですけど、「必要だから使う」という感じですね。英語でしか読めない文献はもちろん英語で読む。だけど日本語訳があるなら、まずそっちを読んで必要なら英語版を確認するくらい。外国語はあくまでも生きていくためのツールの一つですね。

◆◆◆自分の国の言語だけで、エリートになりえる特殊な国、日本◆◆◆

加藤　なるほど。語学に関しては、僕らの問題意識はちょっと違うようですね。お聞きしてみたかったのですが、楽天やユニクロの英語公用語化の動きについてはどう見ますか？

古市　日本企業が海外に出ていくことは全然ありだと思います。ただ、ユニクロにしても楽天にしても、企業文化がある意味とても日本的。すごいマッチョで、企業に対する忠誠心を強く求めるし、その姿勢が世界でどこまで通用するかはわかりません。ユニクロは店長を含む正社員にＴＯＥＩＣ七〇〇点以上を課していますが、それにパスできた人は二五％程度しかいなかったというニュースを見ました。しかもＴＯＥＩＣ七〇〇点くらいで、海外できちんと働けるのかも怪しいなあとも思います。

加藤　英語の公用語化についてはどう思いますか？

古市　それを企業が合理的であると判断した場合は、いいんじゃないですか。でも、日本人の社員が大半を占める社内で、いきなり英語を公用語ってのはどうかなぁ。

加藤　いや、僕の親戚の一人がユニクロで働いていましてね。学歴もそれなりにある人なのだけれど、英語が苦手で苦労していると言う。ほかの社員の多くも英語の公用語化への適応に時間も労力も使ってしまっていて、コストパフォーマンスが落ちたり、本体である通常業務に支障をきたしているみたい。ただし、それは公用語化という改革による一時的な副作用だと、親戚は言っているんですね。

僕もそうだろうと思いますよ。いきなりか、徐々にか、といった公用語化のやり方はいろいろでしょうが、これからの企業の方向性の一つとして、ユニクロや楽天のチャレンジ精神と使命感は評価しないといけない。一部であってもそういった企業が存在するというのは、日本の将来にとってプラスになると思いますね。英語不要論とかもいろいろ出てくるでしょうが、そうして議論が活発すること自体も歓迎です。

古市　英語ってただの言語の一つのはずなのに、みんなものすごく饒舌《じょうぜつ》に語りたがりますよね。学校英語には改善点がたくさんあるとして、英語にやたらとコンプレックスを抱く日本人というのもどうなんでしょうね。**国際的に見たら、外国語を話せなくても管理職になれるって、すごい恵まれた状況じゃないですか。**

加藤　そうね。

古市　だって、発展途上国をはじめ、自分が生まれた国に十分な市場がない場合は、語学というのは趣味なんかではなくて、生きていくために必須な武器です。アフリカだと、母語による授業は小学校までということも珍しくありません。

加藤　ほう。たしかに。

古市　自分の国の言語しか話せないのにエリートにもなれる日本というのは、実はすごく特殊な国です。管理職レベルの人が母語しか使えないなんて、たぶんアメリカと日本ぐらいしかないんじゃないですか。そもそも大学などの高等教育を自分の国の言葉だけで受けられる国って、両手で数えられるほどしかないと思います。

加藤　あ、そうなんだ？

古市　たぶん。だって、北欧とか、オランダとかだと、自国の言葉で授業はするけれども、教科書は全部英語だったりしますから。たとえばノルウェーの研究者だったら、ノルウェー語で専門書や論文を書いても誰も読まないから、当たり前のように英語で研究成果を発表します。みんな「英語を」じゃなくて「英語で」学ぶ必要に迫られているんです。

加藤　なるほど。

古市　そう考えると、日本は恵まれ過ぎているから、英語ひとつでここまで大騒ぎしているのかも知れないですね。実は切羽詰まっていないから、メディアも他人事として騒げる。

僕は別にそれでいいと思います。英語の勉強が趣味な人はどうぞ英語を勉強して頂ければいいんですけど、そうじゃないなら、本当に英語が必要となったときに、がんばればいいんじゃないですか。

◆◆◆言語構造からして、日本は米中の蚊帳の外？◆◆◆

加藤　なるほどね。それは古市さんらしいスタンスですね。

僕は語学それ自体に意義を感じると同時に、付加価値を見出して、日々学んでいます。語学は僕にとって生き甲斐であり、息抜きでもあり、飯の種でもある。自己満足の世界かもしれないけれども、それなりに楽しみながらやっているということです。

古市　語学に秀でた人って、語学学習自体を楽しんでいますよね。

加藤　僕は語学をかなり幼いころから一つの価値観として追いかけてきた。外国に行って、価値観の異なるひとたちと話をしてみたかった。そこには僕なりの思い入れがある。例えば、日中英の三カ国語で同時にコラムを書きながら発信している日本人は、ほとんどいない。少なくとも僕はそういう人を知らない。それを自分がやっているということに、僕は一つの価値観というか、美学を見出している。だからどんなに手間がかかっても、疲れ果てていても、三カ国語を使って発信していきたいという渇望が生まれてくる。

古市　語学にそこまで思い入れのない人は、どこに価値を見出せばいいんだろう。

加藤　発見の喜びだね。

古市　発見？

加藤　**僕が語学に力を入れているのは、それ自体に価値があると思っているのと同時に、やればやるほど発見が生まれてくるからですよ。**英語で話をしながら、あ、そういうことだったのかって、どうして日本語では気づかなかったんだろうとか。あ、この表現の仕方は、英語と中国語とでそっくりだとかね。

古市　英語と中国語は文法の構造が似ている。

加藤　そう、主語のあとに述語が来て、目的語、補語は最後につく。

米中関係でグーグル事件とか、人権問題とか、いろいろ対立や摩擦はおきます。しかし、近年の関係を見てれば、どうしようもなく膠着《こうちゃく》したり敵対したりといったことは意外に少なく、表面的には関係が安定している。二国間交渉を見ていても、論点がクリアで、お互いがお互いの利害をきっちり交換している。これは英中の言語構造や両国民のコミュニケーション法の類似によるところも大きいと僕は思いますね。

古市　言語構造からして、日本は米中の蚊帳の外？

加藤　だから日中の交渉はうまくいかないことが多いのかな、と感覚的に思いますよ。

例えば、古い話になるけど、一九七二年の日中国交正常化の際、周恩来首相が主宰した晩餐会において、田中角栄さんが中国の方々に対して、先の戦争では大変なご迷惑をおかけした、と言って、中国側を怒らせる場面があった。「ご迷惑」は日本人からすれば、ほんとに誠実な、深い意味が込められている謝罪の表現だった。けれども、そのニュアンス通りの中国語訳は言語的にできないんですよ。「ご迷惑をおかけした」に込められた意味を表す言葉がない。英訳も、「I troubled you. I'm very sorry.」のようになる。言われた側からしたら、ソーリーで済む話じゃねえぞ、ですよね。「I deeply apologize.」と訳せるような日本語を使えば伝わったかもしれないけれど、「ご迷惑をおかけした」は言語的にはアポロジャイズに訳せないから。

◆◆◆ 中国語を本気で習得しようとしている日本人って？ ◆◆◆

古市　じゃあ、英語が不得手な日本人が中国語を習得するのは難しい？

加藤　簡単ではないかもしれませんね。ただ、日本人は漢字を知っている。これは中国語を学ぶのにアドバンテージになる。逆に、漢字を知っているからこそ、中国語を聞いたときに、すぐ音と漢字を比較しちゃう難点もある。文字で追いかけちゃう癖があるから日本人の中国語コミュニケーションは遅いのかもしれない。

古市　中国語を、いま本気で習得しようとしている日本人って、どういう人が多いですか？

加藤　真の必要性に迫られている人。最近であれば商社や製造業の人たちですね。メーカーの人たちは、本当にもう日本だけでは食っていけないわけだから、一部の社員には本気で中国語をやらせているみたいですね。

古市　世界の都市別邦人数を見てみると、上海がロサンゼルスに次いで第二位（二〇一一年一〇月現在）。広州や大連でも在留邦人の数は急増しているし、企業によっては、中国ビジネスをやりとげるのが社是、みたいな流れになっています。日中の「定例行事」である領土問題が起こるたびに「脱中国」が唱えられますが、地政学上も中国を無視することはできない。

加藤　中国進出の勢いは止まらないわけだけど、じゃあ、同じく巨大な人口を抱え、高度経済成長中のインドには、なぜそんなに行っていないのか。この議論、いろいろされていますが、日本企業がインドより中国にたくさん進出している一番の理由は、中国に日本語のできる人が多いからだと思うんですよ。さっきも言ったように、日本の大学ならどこにだって中国人留学生がいるじゃないですか。中国で日本語を勉強している学生も少なくない。国際交流基金が毎年実施している日本語能力試験では、その受験者の約半分が中国人だといいます。そういった経緯もあって、中国なら進出しやすそうに見える。

古市　それと比べて、インドには進出しにくそう。ビジネスのしやすさを測る世界銀行の「Doing Business」ランキングを見ても、インドは一八三カ国中一三二位。政情リスクやインフラリスクも大きい。あと、言葉に関しても、インド人はすごいスピードで英語を話しますよね。しかも特殊な発音で。

加藤　インディッシュって言うみたいですね（笑）。

古市　あれ、聞き取りにくいですよね。**インド人自身は、自分で英語が得意だと思っているから、相手のことはおかまいなし。**ふつうに英語ができる程度じゃ、会話についていけない。

加藤　インド人とのコミュニケーションを怖がっている日本人は多いですね。僕はインド人好きですけれどね。あの空気読まない感が僕に合っている。

古市　僕は、サバイバル・イングリッシュは得意なんで、「え？　もう一回」って何度でも聞き返してしまいます。

◆◆◆ 自分で英語に翻訳できるかなと思いながら書いている ◆◆◆

古市　中国語を学んだことで日本語能力に影響はありましたか。

加藤　間違いなく上がっています。

古市　論理的に話せるようになったとか、そういうことですか。

加藤　うん。ロジカルに、はっきりと論じる能力が上がったと思う。

古市　僕は、外国語が特に得意じゃないけれども、日本語を書くときに心がけていることがあるんです。それは今書いている文章が、自分で英語に翻訳できるかどうか、ということ。英語に訳せないような文章は書かないようにしている。

加藤　それはきっちり英語に翻訳してほしいという意味で？

古市　というか、日本語そのものを読みやすくするためにです。日本語って、主語をぼかしたり、目的語を省いたり、いくらでも誤魔化しがききますよね。ニュアンスでどうとでもなるんだけど、それを英語に訳すとなると、どうしても目的語をはっきりさせなきゃとか考えるじゃないですか。**外国語に翻訳したときでも、読めるような日本語というのは、結果的にロジカルで読みやすい文章だと思っているんです。**

加藤　なるほどね。日本人も、そんなふうにもっとうまく語学とつき合えばいい。そのためには、やっぱり現場への執着心を大事にし、完璧主義からの脱却をはかることが重要。若いうち、特に未婚のうちなら、ガンガン現場に行って、いろんなものを見て、感じて、現地の言葉も身につけていこう、と。大学生だったら、必要に迫られていなくても語学をやるべきですね。

古市　忙しい社会人はともかく、大学生だったらそうですね。

加藤　その通り。

自分の武器に対しての意識の低さ

古市　語学ができると、単純に自分の可能性、働ける国も増えるし、働ける業種も増える。何の役に立つかわからないけれど、それに打ち込めるのって、学生の特権ですもんね。これから先は、英語ともう一カ国語ぐらいできたほうがいい。韓国でも、ドイツでも、大卒なら第二外国語まで使えて当たり前という国が増えているし。

加藤　ところが日本の大学生は、いまだに英語の段階で躓《つまず》いている。

古市　逆にいえば、チャンスですよね。**特にハイレベルな専門能力のない普通の学生でも、外**

国語を二つ身につければ自分にかなりの希少価値を出せる。自分の武器が何かわからない人ほど、語学はねらい目かもしれない。

しかも外国語って資格試験が充実しているから、簡単に自分のレベルを他人に提示することができる。「社会学部でした。デュルケムについて卒論を書きました」って言われても「は？」って感じだけど、「英検一級とＨＳＫ高級を持っています」と言ったほうが、わかりやすく自分を「使える人材」に見せることができます。

加藤　日本の大学生を見ていてもったいないなと思うのは、自分の武器に対しての意識の低さですね。自分にとってのアドバンテージは何か模索するための大学四年間なわけじゃないですか。いろんなことに挑戦すればいい。挑戦にリスクもコストもないわけだから、少なくとも大学生のうちは。

古市さんが『絶望の国の幸福な若者たち』で指摘しているとおり、日本は豊かな消費社会だし、幸せに暮らせる国だと思いますよ。だからこそ外に出ろと言うわけじゃないんだけど、小さな世界で満足しているのは僕からするとつまらない。人生が楽しくならない。

古市　まあ、そうですね。そう言う僕も、それなりに自分から海外に行っているし。

加藤　それは仕事の取材で？

古市　仕事もあるけど、単なる旅行とか、その中間だったりとかいろいろ。一カ月に一回くらいは、どこかの国に行っているんじゃないかな。

加藤　あ、現場を大事にしているんだ。

古市　そういう現場主義は加藤さんと一緒ですね。あとは、思いついたら行こうみたいな軽い感じです。今回も上海に行って、いろいろおもしろかったですからね、やっぱり。

◆◆◆中国語学習、とりあえず、なにから始めればいい？◆◆◆

加藤　中国語ができると、もっとおもしろくなります。話は戻りますが。

古市　そーですねー、これを機に中国語を学び始めようかなあ。

加藤　ほう、いいじゃない。

古市　とりあえず、なにから始めればいいですか。

加藤　はい。まずは、人民日報など、中国語の新聞をわからない段階から読んでみましょう。そして、中国語のパートナーを一人見つけてわからないことを質問しまくる。僕がコメンテーターをしていたＣＣＴＶ（中国中央電視台）や香港フェニックステレビなどは、独自のウェブサイトを持っていて、テレビで流した映像をネット上でも無料で提供しています。あとは一応、参考書みたいなものも一冊やっておきましょうか。辞書は中国語で書かれた「現代漢語辞典」を使うのがいい。中国語で辞書を引くこと自体が読解力と語感の強化につながるから。千円以下で購入できます。

古市　語学って、現地にいるときは、すごくモチベーションが上がるんですけど、帰ってきたら下がっちゃうじゃないですか。その意欲の維持はどうしたらいいのだろう。

加藤　それこそ、さっき言ったように、**語学を日常化すればいい**。中国語ができないと、うまく回らないような仕事をつくってしまうのはどう？

古市　なるほど。

加藤　じゃあ、僕、中国の大学人に言ってみましょうか。日本で気鋭の若手社会学者が、中国の大学を見学して、あらためて来たいと言っている、と。

古市　気鋭かどうかはわからないですけど、上海にはちょっと滞在してみたいですね。

加藤　ついては、加藤嘉一も推薦するので、客員研究員としてどうか、と。

古市　え、それってどれくらいの期間？

加藤　半年とか。

古市　半年ぐらいならいいですね。さっきも言いましたけど、上海には未来の日本のヒントがたくさん隠れている気がするんです。歴然とした格差がある中で、人々はどう暮らしているのか、とか。半年、上海で中国語に打ち込んだら、日常会話ぐらいはできるようになる？

加藤　なる、なる。

古市　なら、いいかも。

加藤　大学で一つは授業を持つことになるかもしれない。それは通訳を使ってもいい。空いた時間を、その辺の暇そうなおばちゃんを見つけて話しかけてみる。古市さんは社会学者なんだから「上海のおばちゃん事情」だって立派な研究対象でしょ。

古市　加藤さんがやったみたいに、露店のおばちゃんに、「これ、何て言うの？」って聞けばいいわけですね。

加藤　すごくおもしろいフィールドワークになるかもしれないね。

上海路上トーク①

テレビの報道規制

◆◆◆ 中国と日本のテレビ、不自由さの種類が違う ◆◆◆

古市　中国の報道機関って、どうしても体制の言い分だけを伝えているように見えてしまいます。その中で活躍されている加藤さんから見て、中国における「ジャーナリズム」って何ですか？　批判精神とかあるんですか？

加藤　いい質問です。たしかに中国におけるジャーナリズムは、まだまだ発展途上にある。国のプロパガンダが中心に見える。新聞・テレビも含めて、当然、規制がかけられている。けれども、僕みたいな外国人がクリティカルにバンバン書いていて、同じ調子で大学においてもジャーナリズム論の教鞭《きょうべん》を執《と》っている。そういう事実もある。

古市　日本人が思うほど、言論統制されているわけではない？

加藤　逆にお聞きしますが、日本の報道機関には言論統制がないですか？

古市　建前としては、ないってことにはなっていますね。上からの言論統制というよりも、制作者たちの過剰な自己規制は多いと思います。

加藤　建前と本音、表と裏、ダブルスタンダードはどこにでもある。

古市　えーっと、仕事をしていて、不自由だなと感じることは？

加藤　どこの仕事で？

古市　中国でも日本でも、報道機関で。

加藤　あります。日本でだってある。特にテレビの番組。

まず台本というか、セリフがあって、そこにはスポンサーなどステークホルダーに対するプロデューサーの配慮がある。あとは見えない空気。僕からしたら気を遣いすぎている。ここでこういうふうに言ってもらいたいとか、ここでこういうふうに言われると困るとか、そういう暗黙の指示が打ち合わせの段階でガンガン伝わってくるし、それが台本にもすごく滲《にじ》み出ている。感じませんか？

古市　ええ、台本にはじめから僕のコメントが「台詞《せりふ》」のように書かれていたり。

加藤　プロデューサーがおっしゃりたいことに従わなかったら、僕は全身モザイクをかけられてしまうんですか、みたいな（笑）。

古市　でも、中国では、もっとそうなんじゃないですか？

加藤　不自由さの種類が違う。

古市　違うのは量じゃなくて種類というのは面白いですね。

加藤　中国で言っちゃいけないことは、政治的なんですよ。日本で言えないことは社会的かつ国民性による事柄ですね。前者は見えやすい。政治的だから、これはダメ、あれは良し、と判断が容易にできるわけです。日本はわかりにくいでしょう。

古市　政治的なタブーのほうがわかりやすいですか。

加藤　言ってはいけないキーワードやフレーズが決まっているから。しかも、そのフレーズも減ってきてる。最近はもう天安門事件ぐらいですよ。共産党体制の転覆を狙ったような発言もNG。そういったことを言わなければ、言論は原則自由にできる。

古市　中国で言論が自由？　うーん。

加藤　日本でいうと天皇かな。中国で「共産党転覆を狙う」と口にするのは、日本で「我が国は天皇がいるから発展しない」と発言するような感覚。だいたいそんなイメージです。日本でもなかなか言えないですよね。

古市　確かにそういうことは言わないですね。

加藤　そこはタブー視されている。それと同じようなことですよ。

古市　天安門事件はまだタブーですか？

加藤　天安門事件批判というのは、すなわち共産党の正当性批判だから。逆に言えば、そこにさえ触れなければ、基本的には何を言っても大丈夫。もちろん節度を持って言う、状況に配慮するってことは、それはもう言論人として当たり前だし、そんな体制に縛られてがんじがらめみたいな状況ではないですよ。

古市　節度、配慮。僕に難しそうなのは、そこかなぁ。

加藤　日本の場合は、なにがタブーかわかりにくい。前に日本のある番組収録で、「加藤さん、今の中国を一言で表すと、どういう感じなんですか？」って質問されたから、「末期のがん患者みたいな感じです」って答えたんです。「あらゆるところに問題が転移しちゃっていて、どこからもメスを入れられない状況だ」ということを言いたかった。次の瞬間、「カット！」という声がした。なんだと思ったら、ディレクターから「圧力団体からクレームがくる可能性がある」からそこは言及しないでほしいと指示されました。思わず「え？」という感じでした。

古市　圧力団体というか、がん患者の会などに対する、それこそ配慮ですね。

加藤　「いや、僕、がんのことを批判しているわけじゃないですよ」と言ったけど、もうダメだった。

古市　人権に対する配慮はありますね。

加藤　この前もあるオンラインのコラムで「男なんだから」って書いたら、「性的な差別じゃないですか」とクレームを受けた。

古市　その意見は読者から来たものですか。

加藤　うん。性何とか団体から「それは」って、来るみたいです。僕個人にではなく、編集部に抗議が来る。で、いろいろ話し合うことになる。何が大変かって、日本の慣習・世間様とのつき合いに、非常に多くの時間と労力を使わざるを得ないこと。

中国の報道機関の人たちは、その分を体制の隙間を潜り抜けるために使っています。例えば間接的に鄧小平を批判したい。そういったときにあらゆる知恵を絞るわけですよ。一九九二年の南巡講話から攻めるか、それとも深刻化する格差問題から攻めるのか、という具合にね。

古市　どっちがいいんですかね。

加藤　いい悪いの問題じゃない。と言うか、体制としてはもちろん民主主義のほうがいい。これは間違いない。そして僕はいろんな国に行けば行くほど、中国には民主化プロセスが必須だと思ってきた。
ただ、日本には日本だからこそ言えないところがあって、特に若い世代が、インターネットはあるにせよ、ただ大人やメディアの言うことだけを聞いて、うなだれて、居酒屋で発散するしかない現状は非常に悪循環だと思うな。

古市　日本の人権系の圧力団体みたいなのは、中国にはあんまりない？

加藤　あまり聞かないね。最大の圧力団体は共産党です（笑）。

古市　それがあるから、その他は圧力をかけるどころじゃないんだ。

加藤　わかりやすいの。

古市　わかりやすい。そこだけ気を遣っていれば、なんとでもなるのなら。

加藤　中国を支配しているのは、共産党が定めた原理原則とイデオロギー。そこさえ触れなければ、インサイダーをやってようが、キックバックしようが何でもありという世界。もちろんルールや法治主義の欠如はきっちり改善していかなければいけないけど。中国って表面的にはきわめて自由。

◆◆◆情報の送り手も、意外と迷っている◆◆◆

加藤　日本のマスコミも中に入ってみないと、わからないことがあるでしょ。

古市　そうそう。外側から見ていると、どうしても一枚岩に見えちゃう。だけど、実際に中で関わってみると、現場の人たちには本当にいろいろな立場がある。意外とみんな迷っている。「こう伝えてしまっていいのか」と逡巡《しゅんじゅん》している。上司の命令と、市場に求められているものと、自分が作りたいものの間で葛藤《かっとう》したり。そう思ったら、いかに尺を埋めるかということだけを考えている人もいる。そういう部分って、一読者、一視聴者だけだった時はわからなかった。

加藤　日本の場合は、マスメディアが強すぎるし、その中で何が起きているかはもっと知られていい。特にNHKみたいなところが何を考えて、番組を作っているのかを知るのはすごく意味があるよね。

古市　同感です。こういう話をすることにも、意味があると思います。番組っていうアウトプットの裏側には、本当に色んな立場の葛藤や妥協がある。そういうことを知るだけでも、マスコミ批判をするにしても、やり方が変わってくるでしょうからね。

第二章

使える情報をどう集めるか

（本は）四行ぐらいをいっぺんに読んで、
そのあと頭の中で文章化していきます
うーん、
僕のほうの読書は
重たいですよ

復旦大学内の書店にて

◆◆◆ 図書館で借りた本に線を引いていい ◆◆◆

加藤　古市さんの著書を拝読して、すごい物知りだなと思ったのですが。

古市　そんなこと全然ないですよ。

加藤　アニメから若者の行動心理まで、いろんなところを見ている。ああいった知識はどういうふうにして自分のものにしているのですか？

古市　一番多いのは口コミですね。ただ口コミといっても、僕の周りには第一線で活躍する研究者とか、業界の事情をよく知るビジネスマンとか、希少価値の高い情報を持っている人が多いんです。だから口コミといっても、ただの井戸端会議とは違う。あとはやっぱり本が情報源になりますね。書中で紹介されている参考文献をどんどん辿っていく。

加藤　古市さんは本をどのぐらい買うんですか？

古市　活字の本だけで月に三〇〜四〇冊くらいかな。

加藤　結構多いですね。

古市　図書館に行く習慣がないので、それなりの冊数は買います。

加藤　そうですか。図書館を使わないのは、なんで？

古市　図書館で本を借りても、必要なところは、結局、自分でコピーしないといけないんで。線を引きながら本を読みたいんです。だから時間の節約ですね。中国の図書館には、本をまるごとコピーしてくれるサービスがあるって聞いたんですけど。

加藤　コピーもしますが、みんなふつうに線を引いてますよ。

古市　ん？

加藤　**図書館で借りた本に線を引いていいんですよ、中国では。**

古市　引いていい？

加藤　いい。公共のものですから。

古市　公共のものに引く線はプライベートなものでは。

加藤　ああ、だからね、中国と日本とでは、プライベートとパブリックの概念がまったく逆なんです。これは公共物だから、俺のものじゃないから、好き勝手やらせてくれよ。それが今も生きる中国人の発想。

古市　へぇー、それがパブリックなんだ。面白い。

◆◆◆ 一番必要なものだけを読み取ろうとする ◆◆◆

加藤　日中比較論はあとでやるとして、大量に買った本を読む時間はどうしていますか。一冊の本をどのくらいで読む？

古市　たとえば、加藤さんが書いたこの『北朝鮮スーパーエリート達から日本人への伝言』は、ちゃんと読んだので一時間くらい。新書をていねいに読んで一時間ですね。

加藤　速い。僕にはありえない。

古市　いや、まあ。

加藤　僕は、新書で五時間かかる。けっこう一文字一文字、追いながら読むから。

古市　**僕は、四行ぐらいをいっぺんに読んで、そのあと頭の中で文章化していきます。**いくつかのキーワードが同時に目に入ってくるので、それを文脈に合わせて再構成していくイメージですね。だから全部の文章をきちんと読むというよりは、必要な箇所を「検索」するための読み方です。それで大事な箇所を見つけたら、そこはきちんと一行ずつ読む。

加藤　ああ、それわかる。できないけど、わかる（笑）。

古市　漫然とした読書はしないいんですよ。基本的に目的がなければ、本は読まない。

今回だったら、加藤さんと対談をするという目的がある。対談に向けて、汲み取っておいたほうがいいことに、読書の焦点を絞る。そこを重点的に読んでいくので、精読してもそんなに時間は要らないんです。

加藤　読書に対して、問題意識がクリアで、クールですね。

古市　著者の意見を一〇〇%汲み取ることはできないかもしれないけれど、それは初めから諦めています。どうせ著者にはなれないんだし、その本の内容を一〇〇%覚えることなんてできない。だから、今自分から見て一番必要なものだけを読み取ろうとしている。ある種、割り切って読んでいるのかもしれません。

加藤　うーん、僕のほうの読書は重たいですよ。本を前にして、そうとう構えないと、理解できなかったらどうしようみたいな気持ちがあります。

古市　僕は、その本のエッセンス全体を理解しようという思いはあまりないんです。自分が書く論文や文章で使える材料を探していく、というイメージ。だから本を書かれている方を前に言うのは失礼ですが、あまり本の著者に対する敬意は抱かない。書籍もあくまでも情報源のひとつだと思って扱っています。

加藤　なるほど。

◆◆◆丸で囲む、星マークを使う、ページを折る◆◆◆

古市　本に敬意を抱かないといえば、僕は本を読むときにはすごくたくさん赤字を入れます。日本の図書館の本ではそれができないので、どうしたって本をたくさん買うことになるわけですけど。

加藤　もちろん自分で買った本にですが（笑）、僕も書きこみはかなりするほうです。

古市　**重要なページの端っこを三角に折りながら。**

加藤　それ、一緒。だけど、古市さんの折り方は、その僕の本を見ても丁寧で繊細だと思う。性格の違いなのか、僕はもっとバーンと折ります。

古市　いやぁ、丁寧かなあ。とりあえず、比較的すぐに使うことになりそうな情報のあるページの端は折って、今回の対談に関係あるといった、すぐ使う箇所には星マークをつける。

加藤　あ、僕も星マークを使う。

古市　あとは、そのとき考えているテーマに引っかかる文章に線を引いていく。端を折るのが一番上、次に星、そしてただの線と、情報にランク付けをしていきます。

加藤　僕は、おもしろかったセンテンスに線を引く。大事だと思った段落はまるごと線で囲む。

あとで使いたい名詞には丸をつけることが多い。絶対に使うものには星マーク。

古市　重要な人名は四角、大事な固有名詞は丸で囲んでいます。

加藤　紹介されているおもしろそうな本の書名も、丸をくるっとね。

古市　そう、本とかも囲む。あと、大事だけれども星マークまで重要性がない箇所には、波線を引いたりしている。僕は同じ本を二回読みたくないんですよ。時間の無駄だから。だから後から必要な情報を取り出すときに、最短の時間で済むようにいろいろ書きこみをしています。

◆◆◆どんな雑誌を読んでいる?◆◆◆

加藤　本については、読むスピード以外だいたい一緒ですね。雑誌はどうですか。定期的に何を読んでいる?

古市　『週刊読書人』という業界紙で、一カ月ぶんの論壇誌を読むコーナーを持っているので、いわゆる論壇誌は嫌々ですが読んでいます。

ほかは雑誌だと何かな?　よく買っている週刊誌は日本語版の『ニューズウィーク』、月刊誌だと『クーリエ・ジャポン』あたり。『東京グラフィティ』という、ひたすら東京の若者のストリートスナップや個人情報を掲載している雑誌も好きです。英語版の『The Economist』は、テーマによってiPadで購入していますね。定期的に、っていうとほかには……。

加藤　僕は日本に帰ってきたときは『文藝春秋』や『Ｖｏｉｃｅ』などの論壇誌を読んでいます、自ら進んでね（笑）。欧米の雑誌は空港とかでよく買います。例えば、アメリカの隔月発行誌『Foreign Affairs』（米フォーリンアフェアーズ）。『The Economist』、『TIME』や『Newsweek』も買う。北京大学や上海復旦大学付近の新聞スタンドで売っていて、学生もみんな進んで読んでいます。彼らにとって英語で読むことがステイタスになっている。

古市　日本だと、そこまで硬い週刊誌はない。あ、経済誌だといくつかあるかな。

加藤　『日経ビジネス』や『週刊ダイヤモンド』などですよね。古市さんから見て日本の経済誌はレベル的にどうですか。中国には『財経』や『財新』という、記事内容も読者層も『The Economist』と同じくらいハイレベルな雑誌があります。中国のお堅い系の雑誌はかなり米国のそれを意識して作っていると感じますね。

古市　中国語の雑誌もよく読むわけですね。

加藤　読みますよ。例えば、『鳳凰週刊（フェニックスウィークリー）』。本部が香港で、作っているのは大陸なんだけど、中国政治における権力の中心である「中南海」の正体を暴くみたいな、突っ込んだ内容を扱っている。常に当局に潰されるリスクと隣り合わせですけど。

古市　体制批判的な雑誌？

加藤　そう。でも、この雑誌はかなり大陸で売れています。大学生、官僚、軍人なども主な読者になっている。検閲を気遣いながら、ぎりぎりのところで自らの読者層にアプローチしている姿は勇ましいですね。ちなみに一冊一五元。

古市　だいたい二〇〇円弱ですね。安い。

加藤　あとは、日本に帰ってきたとき必ず買うのが『月刊陸上競技』と『陸上競技マガジン』。これは純粋に趣味の雑誌。

古市　『月刊陸上競技』なんてあるんだ（笑）。はじめて聞きました。趣味というか、そういうのは僕の場合、『ファミ通』みたいなゲーム雑誌か、ファッション誌が多いかな。ただファッション誌は立ち読みか、美容院で読むだけということが多くなってしまいました。昔は全部買っていたんですけど、雑誌ってどんどん溜まっていっちゃうので。

加藤　ファッション誌か。無縁ですね。

古市　それとマンガ雑誌は買っている。『モーニング』『モーニング・ツー』『cocohana』『別冊マーガレット』とか。女性誌というか少女マンガも、けっこう読みますね。

加藤　少女マンガ？

古市　はい。少女マンガって、どんな設定の作品でも、日常のこまごましたことや、個人の内面をすごく描きこむので、へぇとか思って読んでいますね。

加藤　マンガでは最近、『島耕作』シリーズを読んでいます。あれって途中から情報マンガになるんです。取締役編と専務編の舞台が中国なんですけど、その時期における中国の業界動向や、工場の仕組みなどがすごくリアルにわかる。

古市　僕はマンガをほとんど読んだことがありません。僕の人生はマンガにしやすいと思いますが（笑）。

加藤　マンガは、お風呂で一冊読まないとダメなんですよ。

古市　ダメ？

加藤　お風呂に入ってるときって暇じゃないですか。でも、普通の本を読むには、ちょっと負荷が高い。お風呂に浸かっているエネルギー量と、そのときの余りのエネルギーでできることを考えると、たぶんマンガくらいが丁度いいと思うんです。で、毎日、一冊はお風呂で読むことに決めているんですよ。マンガなんで、十五分くらいで読めるから。

加藤　僕には無理だな。中国には、風呂というか、バスタブがないから。
古市　ああ。シャワーしながらでは、僕も無理ですね……。

◆◆◆新聞は毎日読む意味ない◆◆◆

加藤　情報源として、新聞はどうですか。
古市　新聞は取っていません。**毎朝ゴミが送られてくるようなもんですから。**
加藤　ユニークな表現だ。
古市　だって、新聞って紙で来るんですよ。せめて「消える紙」とかならいいんですけど。そもそも、どこかで通り魔事件がおころうが、指名手配犯人が捕まろうが、日本人の九九％以上には直接関係がないわけじゃないですか。少なくとも僕にはまったく関係のない記事がほとんどで、それを定期購読する理由がわからない。
加藤　しかも、どの新聞を見ても同じニュースが同じように並んでいる。
古市　そう。視点が同じっていうか、見方の提示があまりないんですよね。一つ一つのニュースに関する事実関係の説明はすごく細かい。どこの新聞を読んでも同じようにわかる。だけど、それをどう読み解くか、専門的な意見はほとんどない。だから、新聞は毎日読む意味がないというか、事実確認のデータにしか使っていないですね。

もちろん中高年を中心に新聞が必要な人はたくさんいますし、「時代の空気」を記録する媒体として、情報量と信頼性から考えて新聞以上のものはないでしょう。だけど、新聞が今のスタイルをとり続ける限り、中高年と共に役割を終えかねないと思っています。

加藤　ジャーナリストたちはたくさんのことを知っているのに、記事には平板なことしか書かないんですよね。一方で学者さんたちは、専門外のことまで発言して浅い話になっちゃうケースが多いみたい。

古市　研究者も学会誌や専門誌ではもちろん専門的なことを言っているのだけれど、一般向けの媒体では柔らかく嚙み砕きすぎちゃうんですよね。新聞やテレビの情報よりも、さらに一歩踏み込みたい人を満足させる媒体が、あまりない気がします。

ただ、僕もテレビに出るときは、結局、嚙み砕いちゃっているからな。もっと難しく言ってもいいのかなと思いながら、なかなかそれができない。

加藤　ネットの新聞、ニュースサイトも見ないんですか?

古市　たまに見るぐらいです。ツイッターやフェイスブックで信頼できる人たちのリンク経由で。ただノルウェーのニュースはちょくちょくチェックするようにしています。そんな日本人はあまりいないだろうから、ある程度のアドバンテージになるかも、と。一般的なニュースサイトを自分から一通り見るということは、まったくないですね。

加藤　僕はね、ウェブでニュースをたくさん読んでいますよ。開くサイトは日によっていろいろですが、英語では米ニューヨークタイムズ、米ワシントンポスト、英フィナンシャルタイムズ、英ロイター、仏AFPなど。あと、香港のサウスチャイナモーニングポスト。英エコノミスト、米タイム、米ニューズウィーク。このぐらいですかね。

日本語で読んでいるのは、日経、朝日、読売、産経。ダイヤモンドオンライン、日経ビジネスオンライン、JBプレス。あと、サンスポとかも一応、見る。スポーツ、好きだから。

古市　見方のコツはありますか。トップページから順に見ていくんですか？

加藤　トップページをダァーンと見て、興味がある記事をクリックする。興味がなければサイトを閉じる。

中国に関しては、毎日いろんなことが起きているから、おもしろいニュースだと思ったらウェブの記事も見て、という感じですかね。それと、よく使っている情報源は、売店のニュースペーパースタンド。スタンドの前に一分間ぐらい立って、一面を見比べてみる。それだけで、今社会で何が起きているのかを表面的にだけど網羅できる。

古市　新聞をチェックする意義について、どんな風に考えていますか？

加藤　うん、読む意味がないと言う古市さんの考え方は、ひとつの個性として尊重しますが、新聞の影響力はやっぱり大きい。特に日本では。政治家だって新聞にどう書かれるかを意識して発言しているし、テレビも基本的に新聞をもとにニュースを作っているし。民主主義国家日本の大衆世論が形成されていくうえで、新聞が非常に大きな役割を果たしている。いいか悪いかは別としてね。新聞の存在を無視することはできないと思う。

古市　加藤さんは時事的な週刊連載も持っているし、日々、情報にキャッチアップする必要がありますからね。僕はそういう連載をやらないし、世の中全般にモノ言う評論家でもないので、ニュース全般をチェックしなくていいのかも知れません。

加藤　じゃあ、ニュースはもっぱらツイッター経由で？

古市　そのほかのニュースへのアプローチは、Google Newsでのキーワード登録ぐらいです。自分の専門分野に関する、「若者　旅」とか「若者　起業」「Conscription（徴兵制）」といったキーワードでひっかかってくるニュースを、月に一回程度まとめて見るとかね。それも自分が何かを書くための資料集めがほとんどです。

◆◆◆データを見つけたいんだったら、画像検索をしてみる◆◆◆

加藤　なるほどね。僕、資料集めは苦手です。

古市　僕は、文章を書くよりも資料集めのほうが好きで、文章を書く前には不必要なぐらいのマテリアルを集めてしまいますね。

加藤　どう調べています？　是非、聞きたい。

古市　基本的に資料は本が多い。あるいは、新聞の過去記事ですね。

加藤　具体的なそれらの調べ方は？

古市　大学関係者だったら、大学図書館のデータベースが便利ですよね。全国紙の過去五十年間以上の記事などに、どこからでもアクセスできるので、すごく重宝しています。

誰でも使えるものなら、「J-STAGE」というサイトが便利です。理系・文系問わず、結構な数の学術論文が、全文ＰＤＦで載っています。あとは、「CiNii（サイニー）」という国立情報学研究所がやっている検索サイト。ここでキーワード検索をかければ、関連する過去の学術論文がいちおう一通り出てくる。その場で中身を見られるものと、見られないものがあるんですけど、こういったタダで公開されている情報は、意外に多い。

もちろん、直接図書館に足を運ばないと見られないものも結構ありますけどね。でも、自分の家のパソコンで集められる資料は意外と多い。白書や世論調査もかなり充実している。多くの先進国では、白書や統計の内容をウェブで公開していますから調べがいがありますよ。

例えば年度ごとに載っている調査結果を、エクセルに入れて推移がわかるようにグラフ化するだけでも新しい発見があったりする。**マーケティングに関わっているビジネスマンの人も、自分の仕事に関連する領域の白書や世論調査をざっとチェックするだけで、そうとう参考になるはずです。**こうした情報の元は税金なのだから、もっと使ったらいい。

加藤　情報を検索するときのコツは？

古市　僕は、関心のあるキーワードに「推移」という一語を足して検索することが多いですね。例えば「大卒者の離職率が三割」とかメディアは騒ぎますけど、その「推移」を見てみると、実は昔から数字は変わってなかったりする。あとは、データを見つけたいんだったら、画像検索をしてみると効率がいい場合が多いです。

加藤　なるほど。

古市　例えば、「ホワイトカラー　ブルーカラー　推移」という言葉を入れて画像検索。すると、バーッと図が出てくる。見つけたいものとまったく関係のない図もいっぱい出てきますけど、その中には見つけたかったホワイトカラーとブルーカラーのグラフが混じっていたりもする。ちょっと関係ありそうな図があったら、それを掲載しているサイトに行ってみる。そのサイトのデータ源は国の白書だったりするので、次に白書そのもののサイトへ行く。

加藤　一歩ずつ踏み込んでいく、ということですね。

古市　うん。画像検索なので、直感的に必要なデータにたどり着きやすいんです。

加藤　それと、情報集めに必要なのは、関連性をつかむ能力なのでしょうね。関連性には、方程式がない。Aをこう見るためには、BとCはこの点に注意して、というふうにその場その場で判断していく必要がある。こういう力は従来の教育では養われないですね。

古市　単年度の数字でどうのこうのではなく、推移をちゃんと見ていこうというのもそうですし、数字の背景に隠されているものの理解も大事です。

例えば海外旅行に出かける若者の数。減っているって騒がれているじゃないですか。だけど数が減っているのは、若者の数全体が減っているからかもしれない。だからまずは若者全体の数を把握しないといけない。そうしたら騒ぐほどに値する状態なのかどうか。ちなみに二十代の人口も、海外出国者数も簡単に統計を見つけることができます。

高価な統計ソフトを使わなくても、さらに言えば業者に新たにマーケティングデータの収集を頼まなくても、無料の公開情報だけでいろいろなことがわかってしまうんです。必要なのは、ちょっとしたコツだけです。

加藤　最低限のリテラシーを身につけよう、と。

古市　そうですね。メディアやマーケティング業界は、意図的にインパクトのあるデータを打ち出したりしているんですけど、それを真に受けてしまう前に少しだけ考える。

加藤　何をもって自分に必要な情報かというのは、試行錯誤しなくちゃわからない。メディアの情報をキャッチアップしていれば、見えてくるって話でもない。だから僕はね、常に行動ありき、というのがすごく重要だと思う。人に会いにいく。酒を飲む。話を交わす。感じて、表現する。コミュニケーションの中で情報を判断する自分の軸を見つけていく。

もちろん人と会うのは喫茶店でもいいし、教室でもいい。現場に行かなきゃわからないことがある。ここまでインターネットが発達した時代だからこそ、いまいちど腰を据えて考えてみるべき重大テーマだと思います。

◆◆◆ 現場と会議室を往復しないと、事件は解決できない ◆◆◆

古市　語学の話のときにも出てきた現場力ですね。それ、僕もすごく共感しています。

加藤　あ、そうですか？

古市　どこに行ってもインタビューをしたり、現地で人の話を聞いてみるほうなので。

加藤　統計や文献をたくみに扱うだけではなく。

古市　もともと僕、現場とか、フィールドワークとか、あんまり好きではなかったんです。それが大学院に入って、二〇〇八年、ピースボートというクルーズ船に乗る機会があって、変わったんですよね。

大学の同級生は、だいたい知られた企業の会社員や研究者になったりしている。だから非正規雇用の問題や若年の雇用問題がいろいろ言われていても、実感としてよくわからなかった。友達にフリーターがいなかったんです。

で、ピースボートに乗ったら、ほんといろんな階級の人というか、フリーターだとか……嫌な言い方をしたら、自分と偏差値が違う人の集団に初めて大量に会ったんです。話してみると、考え方や持っている知識が全く異なることも多かった。当たり前なんですけど、そこで思いました。実感しないとわからないな、って。いくら本や統計で「若年非正規雇用が数百万人」といっても、その裏側には数百万人の人生がある。当たり前ですけどね。それから僕は、フィールドワークや現場の観察をよくするほうになりました。

加藤　なるほど。現場力に古市さんが共感してくれて嬉しいですよ。若いうちにできることは、いろんな現場に行くことです。

僕は、自分が見たものしか信用しない。現場を大事にするということ。学者の研究にとっても、自分の目で見て、現場の空気を感じることが、問題意識や仮説に少なからず影響するわけじゃないですか。論証していく過程で、データや資料を活用するのは当然だけれども、現場でこそ得られるものに対する意識が少なくない研究者に欠けている、と思うんですね。

古市　みんな無自覚ですね。**研究者の掲げる理論は一見中立的なフリをしていますが、実はその人の経験にかなり裏打ちされたものが多い。**受験勉強で苦労した人が学歴社会を叩いているとか、特に文系の研究者に多いパターンです。経験や現場と理論との結びつきがあることは自明なのに、そこをみんなでなかったことにしてきた。

ただ、ちょっと研究者寄りの目線で補足しておきたいこともあります。現場は大事なのだけど、同時に「会議室」も大事だと思うんですね。映画の『踊る大捜査線』で、「事件は会議室で起きるんじゃない。現場で起きてるんだ」という有名な台詞があります。だけど会議室もないと事件は解決できないと思うんです。

加藤　それはそうだ。

古市　多様な現場でそれぞれがそれぞれの仕事をがんばっている。同時に、複数の現場で起こっている出来事を収集して、過去の事例と比べて、それを現場に落とし込むという会議室も必要です。現場と会議室を往復しないと、たぶん事件は解決できない。

会議室の中でぜんぶ問題が解決できると思ってる人はもっと現場に行ったほうがいいし、逆に現場にこだわり過ぎている人はもうちょっとマクロな視点を持ったほうがいいんじゃないかなあ。

加藤　まあ、僕の場合は現場力ばかり（笑）。

古市　加藤さんは現場と会議室的なところを、うまく往復していると思うんですけど。

加藤　大学がらみや政府がらみや、まあ、いろいろ顔を出してますね。だから疲れるんだけど。

古市　現場にもちゃんと行くし、研究者として会議室側の立場もある。両方を往復運動する。僕自身もそこは意識するようにしています。

加藤　往復運動。いい言葉だ。これ、キーワードですね。

古市　現場だけだと、どうしても一回限りの体験や経験で終わってしまう。事件が起きて、その場で問題は解決しても、情報が蓄積されない。一度会議室に持ち込んで、抽象的な理論に落とし込んでおくと、それがまた次の事件にも使える。

加藤　僕たちは情報のインプットについて話をしてきましたが、ハウツーの交換だけではなく、共有できる基軸も見えてきましたね。「往復運動」を僕なりに解釈すると、現場で得たものに普遍性を持たせるには会議室を通過する必要がある。両者を往復してこそ社会にも還元できるということ。

そういう情報の使い手になるのがいいし、この本もぜひそういう本にしたいですね。

古市　少しでもそうなればいいんですけど。

上海路上トーク②

中国出版事情

◆◆◆アマゾンで買うと三割引き◆◆◆

加藤　僕は生活の中で本屋さんめぐりも大切にしています。

古市　いろいろ行くんですか。

加藤　できるだけ。最近の情勢のインプットになるから。本のタイトルだって、著者も編集者も考え抜いてつけているわけじゃないですか。それらをざーっと見ながら、あ、今、世の中はこっちのほうに動いてるのかな、と考える。

古市　じゃあ、アマゾンは使わない？

加藤　アマゾンで買うことは、著者と出版社に失礼だと思っている。

古市　それはなんで？

加藤　だって、中国では安くなっちゃうもん。アマゾンって安いんですよ。

古市　本の値段がリアル書店より安い？

加藤　三割引きくらいになる。

古市　そうなんだ。へぇ〜。

加藤　出版社の利益も減ります。著者の印税も減る。ネット書店は出版社からより安い値段で購入していますしね。だから僕は、本を書く一人の人間として、みんな本屋さんで買ってほしいと思う。

古市　中国と日本ではだいぶ事情が違うんですね。

加藤　あと、本屋さんにある本を自分の目で見て、本に触ってみると、「あ、この紙質、いいな」と思ったり、「この行間、読みやすいな」と五官で感じたりする。この現場感覚が心地いい。

古市　新書や文庫だと、だいたい作りが同じですけど、本屋さんで本をどのように見比べていますか？

加藤　中国に新書、まだないです。

古市　新書という仕組みがないんですか？

加藤　なぜかというと、そもそも本の価格が安い。つまり、もっと安い新書にしたら、もとが取れない。それに中国では、出版社にまったく影響力がないんですよ。

古市　影響力がない？

加藤　中国で本や雑誌を出版するには、ブックナンバー（書号）、マガジンナンバー（刊号）というのを取る必要があるんです。その可否は政府が握っていて、政府はナンバーを国営の出版社にしかあげない。

古市　国営の出版社？　検閲の関係ですか？

加藤　中国にはそうした出版社がある一方、何万という数の民間編集プロダクションがあるんです。で、有力な編集プロダクションが、無能な出版社からブックナンバーというのを買って本を作るわけです。だから、読者はみんなわかっている。どこそこの出版社の本でも、作っているのは民間のあの会社だって。

古市　じゃあ、裏側に編集プロダクションがいるんですね。

加藤　いるというか、別の会社が本を作っている。出版社は国営ですから、ブックナンバーを売ることでなんとか生き残ってる。権利ビジネスですね。

古市　社会主義的ですね。だから本の値段も上がってしまう？

加藤　安い新書を作れない。なんでかと言うと、そのブックナンバーというのが、二万元、三万元もするわけです。日本円で言うと、感覚的に五〇万円ぐらい。

古市　けっこう大きな経費ですね。

◆◆◆ 大学の中で海賊版が売られている ◆◆◆

加藤　中国の人たちって、家も本も大きければ大きいほどいい、と考える。新書で言ったら、なんでこんなにちっちゃいのに三〇元もするんだ、と思うわけです。だから新書を出していいことは何もないと思われている。

古市　ふつうの本は三〇元くらいなんですか。

加藤　大きければ三〇元から三五元。小さいともっと安い。二〇元くらいの本もある。

古市　本の世界でも海賊版は多い？

加藤　多いよ。大学の中でも、屋台みたいなので売られている。

古市　大学内で海賊版が売られているんですか？

加藤　もちろん。海賊版が出ることは、僕らにとって名誉。

古市　え？　名誉？

加藤　だって、海賊版が出ているということは、売れている本ということでしょ。売れていて、影響力がないと海賊版は出ないから、著者には名誉なんですよ。

古市　海賊版が出て嬉しいなって思うのは、加藤さんだけじゃなくて?

加藤　この前、杭州で一人の有名な作家さんと話をしていたときのこと。その場にいた学生が、「先生たちの本の海賊版が屋台で並んでいましたよ」って言った。それを聞いた僕らは、「へ〜イ!」とハイタッチ(笑)。

古市　海賊版、いいんだ。

加藤「ヨッシャー!」みたいな。「来た!」みたいな。

ま、半分冗談ですけどね。われわれ著者の立場は、もちろん絶対撲滅。海賊版の氾濫《はんらん》は知的財産権の侵害であり、市場の規範に反しますから。中国にとって国のイメージの問題にもかかわるし、基本は当然、撲滅すべしですよ。ただ一方で、というグレーゾーンが現時点の中国にはあります。いろんなところでダブルスタンダードなわけです。

古市　中国では、本を出しても儲けるのは難しいんですか。印税とか、どういう仕組みになっていますか?

加藤　僕、三万部以下は受けない、初版。

古市　ん?

加藤　初版三万部以下の出版のオファーは受けません。この数字、日本じゃ、あんまりないですよね。

古市　最近だと初版三万部以上というのは、あまり聞かないですね。

加藤　僕の本だと、中国では三万部から一〇万部売れる感じです。

古市　はい。

加藤　まだ壁を突破できてないなという感じはあります。それはそうとして、五万部から一〇万部だと、一冊三〇元だとして、印税一〇％で。

古市　一冊あたりの印税が三元だから、五〇円ぐらい。×一〇万。なるほどね。

加藤　売れれば、ね。売れなければ、初版の三万冊に終わってしまうこともある。まあ、人民元は長期的には確実に上がるから。

古市　持っておけば、べつに悪いビジネスではない。

加藤　まあ。売れればその延長線で、講演やスポンサーや、いろんなものがついてくるから。

古市　そこは日本でも同じだ。日本って本の執筆だけだと、全然もとが取れない。それでも出したい人が多いのは、自分の付加価値が高まるから。信用力が高まり、講演料とかでペイできる。

加藤　そこは中国もあんまり変わらない。ただ、日本と比べて思うのは中国では本が出すぎている。日本でも出すぎていますが、まだ抑止力が効いている。

加藤　誰でも出しちゃう。自費出版も多いし。共産党のプロパガンダ的な本もあるし。

古市　中国のほうが本は出しやすいの？

◆◆◆中国ではどんな本が売れるのか◆◆◆

古市　ちなみに、中国で売れる本の傾向は？

加藤　偉人の回想録。あとは、健康。血の巡りをよくする方法みたいなの。

古市　巻くだけダイエット的な。日本と同じだ。

加藤　ほかはね、マネジメントとか、ビジネス系、ノウハウ系。

古市　心の持ちようとか、そういう自己啓発的な本は売れてます？

加藤　中国って基本的に英雄文化だから、ヒーローの伝記のような形のものは売れる。ジョブズ本とか、ＩＴ起業の成功者ジャック・マーの奮闘記とか。

古市　日本と売れ筋の違いは、何かあります？

加藤　『バカの壁』のヒットは、日本的だなと思いますね。

古市　日本でしか売れないのかな。

加藤　ああいうのは中国で売れないと思う。だって、バカの壁って。

古市　題名の問題？

加藤　題名もそうだし、その発想ですよね。日本人としてはわかりますよ。人間社会にはバカの壁がある、なるほど、と。

古市　人と人の間には、認識の限界があるみたいな本は中国では売れませんか？

加藤　それ、中国では当たり前。だからすごく日本的。逆に、内田樹さんの『日本辺境論』はよく売れている。「あ、日本、辺境。俺ら、中心ね」といったナショナリズムが刺激されて。

古市　へぇー、本って、いろんな読まれ方をするんだなー。

加藤　具体的な数字は知りませんけど、勢いから行ったら、三〇万部ぐらい売れるんじゃないですか。三〇万って言ったら、中国でもけっこうな数ですよ。

古市　中国の読者人口はどのくらいですか。

加藤　それはわからない。

古市　文化庁の統計を見ると日本人の約半分は一カ月に一冊以上本を買うと答えています。ただこれは実用書も含めた人数。文芸評論家の斎藤美奈子さんは、趣味が読書という人は、せいぜい五〇〇〇万人から六〇〇〇万人程度と推測していますね。だけど僕が書くような本はほとんど売れません。

加藤　そうなんですか？

古市　ベストセラーの上位にくるのはダイエット本や片付け本、料理本といった実用書。あとは映画化された小説やビジネス書、自己啓発書。思想や学術系の本は大ヒットと言われてもせいぜい一〇万部の小さな世界なんです。

加藤　あ、そう。だったらと言うか、いやね、古市君の本は中国で受けると思うよ。『絶望の国の～』というところからして、中国の人たちのナショナリズムを刺激すると思うし。あと、絶望の何が悪いんだみたいなニヒリズムも中国社会を象徴している。今の中国にはニヒリストたちが溜まってますから。たぶん三億ぐらいいますから、そういう傾向の人が。

古市　それはぜひ中国語でも出版してほしいですね。

加藤　中国では、日本は年功序列で、若い人は上司のカバンを持って下を向いて、というイメージしかありませんから。違った視点から日本の若者を論じていくのは日中相互理解という意味でも重要だと思いますね。僕が推薦文書きますよ！

第三章

どうすれば読まれる文章が書けるか

その文章の感覚のようなものは、どこで学びましたか？
うーん、なんだろう。言葉の選び方は、九〇年代Ｊポップ的というか（古市）

復旦大学内のカフェにて

◆◆◆コンディショニングがすべて――執筆前の毎日の習慣◆◆◆

加藤　僕も古市さんも立場こそ違え、執筆は仕事の中で重要な位置を占めますよね。平均すると一日のうち、文章を書いている時間はどのぐらいですか？

古市　書いている時間？　昨夜は三時間ぐらいだったかな。僕の場合、資料集めに使う時間のほうが長くて、実際に書いている時間はそれほどじゃないんですよ。最近は六〇〇〇～七〇〇〇字程度の短い文章を書くことが多いので、資料を揃え終えたら、一晩で執筆って感じですかね。

加藤　それは大学関係の執筆ですか？

古市　最近は主に、雑誌に頼まれて書く文章ですね。僕の書くものは、何かしらの出典に依拠するものが多いから、集めた資料をバーッと机の周りに並べます。そこで構成の半分はできあがっている感じでして、あとは書いてまとめるだけ。

加藤　古市さんは、資料集めのほうが好きなんですよね。それは、研究者としての意識が強いから？

古市　自分には小説家としての資質、ストーリーテリングの才能がないと思っているんです。そこで強みは何かと考えると、できるだけたくさんの資料を集めながら、それをできるだけ読みやすく書けるということかな、と。だから、そうした仕事に関しては忠実に、というか、ぶれないようにはやろうとしています。

加藤さんは僕よりずっとたくさんの文章を書いていると思いますが、講演やテレビ出演などで忙しい中、執筆時間をどう取っているのですか？

加藤　ランニングやって筋トレやってシャワー浴びて、カッ、ですね。

古市　ええと、ランニングと筋トレと……。

加藤　基本は朝ですけど、昼間でも調子に合わせて、コンディショニング次第で書きます。その前にランニングや筋トレをやるのは、僕の中で執筆はすごく大事なものなので、思考の転換を図る必要があるわけです。**日中英の三言語で書くため、自分のコンディションを整えることには気も時間も使っている。**それさえ整えば、執筆は短期集中でいける。一時間くらいなかあ。

古市　一時間？　執筆といってもいろいろな原稿があると思いますが。

加藤　一時間で五〇〇〇字くらいです。

古市　速い。

加藤　スピードには自信を持っています。中国語だともう少し早くなります。中国語の五〇〇〇字は日本語の五〇〇〇字より多くなるので。

古市　えー、それどうやったらそうなるんだろう。構成や下書きはしない？

加藤　いっさいしない。僕、人生にリハーサルはないと思っていますから。

古市　推敲は？

加藤　推敲なんて言っているのは甘いと思っている。書き直しもしない。とにかく一発で決める。

古市　ゲラ（校正刷り）のチェックは？

加藤　編集者に誤字脱字のチェックをしてもらって、僕は基本的に手を入れない。文章の起点は自分ですからね。一時間、集中して執筆した時点で勝負は決まっている。ただ、インタビュー記事の場合などは、直しますよ。ライターが書いたものより長くなることが多いです。

古市　なるほど。執筆スタイルもいろいろですね。

加藤　僕は、そもそもランナーですから。ランナーにとってはコンディショニングがすべて。あと、ピーキング。集中のピークをどこに持っていくか。そこをちゃんとやれば、一時間で充分ですね。だらだら書かない、手は止めない。

古市　そのために、走ったり筋トレをしたりして、心身を整えておくわけですね。そして執筆中は、もうひたすら書く。執筆業が体育会系の仕事に思えてきた。

加藤　執筆前にコーヒーを一口飲むっていうのもあります。それと、シャワーを浴びた後にドライヤーで髪を半分だけ乾かす。

古市　半分って、なんで？

加藤　なんでって、習慣です。髪をぜんぶ乾かすのには時間がかかるし、その間に他のことができない。僕の場合、髪を乾かしている最中に、原稿の書き始めのイメージがターンと来ることが多い。まあ、縁起をかついでいる部分もありますが。

◆◆◆ 集中はしたことがないかもしれない ◆◆◆

加藤　古市さんは、執筆前の習慣はない？

古市　何にもないですね。時間もかっちり決めたりはしてなくて、途中でだら〜っとメールを返したり、電話とか、ツイッターとかしながら、文章を書いているんで。友達が近くにいるときは、話しながらとか。

加藤　そうですか。

古市　だから、「執筆中」って概念自体がないですね。つまり集中していないのかな。集中自体したことがないかもしれない、そんなに。

加藤　だいぶ違いますね。

古市　まるで違う二人ですね。どうしてだろう。

あ、さっきも言いましたけど、僕が書く文章って、資料をたくさん参照しながら書くことが多いので、さほどスピード感が要らないんですよ。バーッと一気に書くのではなく、資料の必要な箇所を読み返しながら、その場その場で考えながら書いていくイメージです。本を読むということと、書くということが分化していないんです。だから「執筆に専念」ということが多分無理なんだと思います。

加藤　そこはね、僕に比べて古市さんの立場のほうが、明確ということじゃないですか。例えば、若者論、消費社会論、メディア論と、かなり立ち位置が決まっている。

古市　求められている原稿のテーマや方向性がだいたい決まっているというのはありますね。しかも、それは僕が日常的に常々考えていることばかり。だから、いざ文章を書くっていう時に、日常をリセットする必要がないんだと思います。

加藤　うん。そこがね、僕の場合は複雑。まず発信先のメディアが国境を越えているし、発信する言語も違うし、論じる内容も様々。だから、自分の中での整理が不可欠。ただ求められるままにやっていたら、ほんとに暴走しちゃうと思うんですよ。

一週間に二時間くらいは、自分が抱えている諸々を心の中でリセットする必要があるんですね。だって、一回の執筆時間が一時間でも、一日にそれが何回かあって、多いときでは三万字ぐらい書きますから。その三万字も日中英と三つの言語なわけで、たまにリセットしないと、自分がぶっ飛んじゃうんです。

◆◆◆月二五本の連載をどうこなすか◆◆◆

古市　よくやっていますよね。文章をたくさん書くコツってありますか？

加藤　え？　古市さんは、書くのが嫌いなんですか？

古市　べつに嫌いじゃないですけど、加藤さんのような量は書かないし。あと、僕は連載が無理なんですよ。依頼があっても基本的には断っています。

加藤　連載、きついよ。

古市　僕、きついの無理です。

加藤　週刊連載は、特にね。一週間に一本のはずが、書き終わったばかりの気分でいると、「あ、やべえ！　また締切日が来た」とかなっちゃう。
古市　それが嫌なんですよ。締め切りを気にする人生とか、嫌。決まった日までに、決まったことを定期的にするとか、やりたくない。そこは大丈夫？
加藤　僕は、プラニングは好き。
古市　ん？
加藤　自分でプランを立てるのは好きです。仕事のレギュラー化も好き。どこからともなくボンボン飛んでくる仕事は、嫌い。「また締切日が」っていう嫌悪感はあるんだけど、なんだかんだ言って僕は苦手じゃない。日にちが決まっていれば、コンディショニングを整えやすいので。
古市　どのくらいの数を連載しているんですか？
加藤　過去三年間連載コラムは、日中英合わせて月に二五ぐらい書いてました。
古市　締切が二五回も来るという意味ですか？
加藤　そう、月に二五本ぐらい。そのうち一〇本が日本語、一〇本が中国語、五本が英語。結構きつかったですね。
古市　すごい。僕は締切と言えるものは月に三回くらいしかないのですが、それでさえも連載にすると気が滅入るので、テーマを決めないで、書きたいことが見つからなかった月はスキップしてもいいようにお願いしたり。そんなに書くと、ストレス溜まりませんか?

加藤　そこは自分なりにコンディショニングを整えていました。その後一定程度減らしました。アウトプットよりインプットを増やしたいですから。二〇一二年九月現在、月二〇本まで減らしました。

理想的だなと思うのは、日本語一つ、英語一つ、中国語一つ。この三つの週刊連載で生活できる状態です。コラムの数で言うと月に一二本。そうなればかなり余裕を持って執筆できる。パフォーマンスも上がると思います。

古市　それでも普通の人からしたら、決して少ないとはいえない労働量ですよ。しかも原稿執筆以外にもいろいろやっているじゃないですか。そんなにたくさん仕事を抱えていて、嫌になりませんか?

加藤　僕ね、こんなことを言うと、ちょっと傲慢《ごうまん》に思われるかもしれないんですけど、根はけっこう真面目で、勤勉なので、どんだけ嫌でもできちゃうんです。無理矢理やっちゃう。

古市　確かに月二五回の締切を守れる人は真面目で勤勉です。全然傲慢じゃない(笑)。

加藤　いや、無理矢理やったって意味ないんだから、やめればいいんだけど(笑)。そのへんがね、生真面目で。過度に重たいものを背負っているのかな。

古市　例えば週刊連載って、毎週、締切が来るわけじゃないですか。だけど、毎週、書くことがあるかどうかはわからない。書くに値することが毎週、起こるとは限らない。僕はそういうプレッシャーを感じてしまうんですけど、加藤さんはどうですか？

加藤　**動いています。僕があっちこっち動き回っているのは、講演だ、テレビのロケだ、取材だといった仕事のためですが、それは同時に執筆する原稿のネタを求めてでもある。**日々の生活で同じ場所に留まるのはせいぜい三日くらいです。いろいろな場所に行って、さまざまな人と話しているから、ネタに詰まるということは基本的にないですね。

古市　常に動いて、常に新しい人と会っていれば、何かしら新しいネタが見つかる。

加藤　うん。でも、執筆意欲がなかなか湧かないということはあります。モチベーションを保つことは簡単じゃない。だから、お会いしたことはないけれども、村上春樹さんをすごく羨ましく思いますね。ご自身の執筆ペースをしっかり守っていて、自我もしっかり持ってらっしゃるという意味で、目標にしたい方です。あのポジションぐらいまで行っちゃえば、自分が書きたいものだけを思い通りにやれるのかな、と想像してしまいます。

古市　僕程度の執筆量でも、「あれ、こんな内容を前にも書いたな」とか思うことがあるんです。

「でも、これを書かないと話がつながらないし」と思って、結局、同じエピソードを書いたりしちゃうことがあるんですけど、そういうことはないですか？

加藤　ありますよ。

古市　その場合、気持ちの処理はどうしていますか。まあ、しょうがない。仕事だし？

加藤　そういったときは、アリストテレスを頭の中に思い浮かべて、「人間は社会的な動物だ。ときにしょうがないこともある」というふうに言い聞かせています。はい。

古市　なるほどね（笑）。僕は、同じことを何回も書くのは嫌なんですけど、結局、メディアから求められるのは同じものだったりするじゃないですか。「現代の若者は幸せだ」みたいな。それをどうしたものかと思っていて。

加藤　僕もそうですよ。日本は横並び社会だから、そっちはもっとでしょうね。

◆◆◆語尾を少し色っぽくする◆◆◆

古市　そういえば、さっき中国語の文章のほうが日本語で書くより速い、っていうようなことをおっしゃっていましたよね。

加藤　ええ。僕にとって読みやすいのは日本語ですが、書きやすいのは中国語です。

古市　それは、中国語のほうが仕事で使っている年数が長いから？

加藤　やっぱり自分に合っている。

古市　合っている？

加藤　話しやすいのも中国語。中国語のほうが、パンパンパンとリズミカルに、クリアーに主張できて、筆も会話もはかどります。特に講演をする場合、僕は、中国語のほうがずっといいですね、リズムに乗れる。

古市　僕も人と交渉や喧嘩《けんか》をする時は、英語のほうがやりやすいなあとは思いますね。英語だと「あなたの考えに全く同意できません」とか平気で言えるから便利。

リズムといえば、文章を書くときに気をつけていることはありますか？

加藤　話の入り方、最後のひと言、エピソードの使い分け、そういったものがうまく流れればリズムのいい文章になりますよね。僕の場合、外国語の習得と同じように、いいなと思った記事をまねています。まねると言っても、文体、構成、切り口など、いろんな観点があって、たくさんの文章からそれぞれのいい部分をまねて、最終的に自分なりのものになるよう試行錯誤していく感じかな。

古市　加藤さんって、ほんと努力家なんですね。

加藤　そうなんですよ、わかってもらえましたか（笑）。

古市　僕は、ベーシックな文章を書くように心掛けているんで、変に込み入るところがなくて、込み入ることもできないという、そんな感じです。

加藤　こだわりはべつにない？

古市　接続詞と語尾にはこだわっています。文章全体や、構文をトリッキーなものにしちゃうと、読み手を選びすぎてしまう。だけど、通り一辺倒の文章にはならないように、語尾とか、どうでもいいところだけを少し色っぽくする。語尾でちょっと軽く見せたりとか、重さを出したりとか、そういうことは意図的にやっていますね。

加藤　なるほど、テクニカルにね。

古市　接続詞と語尾の工夫の他は、指示代名詞をよく使いますね。「その」とか、「それ」とか。指示するものをわかりやすくするために、「その」なんかは、けっこう制限しないで使っちゃっていますね。ほんとうは指示代名詞を使わないほうが「美しい日本語」になるのかも知れませんけど、リズムを出すために使うことが多い。

あと、全体としては論理性を保つような文章を書いているつもりなんですけど、最後の段階では、論理より文章の流れを重視して、文の並び替えをしたり、レトリックを足したりします。論理的にはちょっと矛盾があっても、読みやすさを優先する。

加藤　その文章の感覚のようなものは、どこで学びましたか？

古市　うーん、なんだろう。**言葉の選び方は、九〇年代Ｊポップ的というか。**

加藤　九〇年代Ｊポップ的？

古市　いわゆる小室哲哉的な歌詞。ちょうど小学生の高学年から中学生だった頃によく聞いていたんです。だから、そういう世界の語感を、かなり内面化してはいます。だいぶレベルが違うけど、平安時代の貴族が和歌で日本語を身につけたみたいに。でも、それをそのまま文章にしたら、ただの論理破綻《はたん》した原稿になっちゃう。だから、その語感を活かしつつ、論理性みたいなものを組み立てていくというか。

加藤　ふむ。

古市　何て言ったらいいのかなあ。論理的な文章って、僕は完全に後から身につけたんですよ。高校まで論理的な文章は書けなかったし、大学に入って、論文を書いたり、プレゼンをするようになって、論理性みたいなものがわかってきた。

建築の授業をとったことがあるんですけど、自分のアイディアをひとに説明するときに、感覚だけでは説得できない。「これが好き」という感覚ではなくて、「〇〇だから、これが必要」みたいに、理由が必要とされる。そこではじめて論理の必要性に気付かされました。せいぜい十年前のことです。

だから、自分が書く文章の表現とかには思い入れがあるんですけど、その内容や論理展開にはあんまり思い入れがないんですよね。後づけのものなので、そんなにアイデンティティがないというか。

◆◆◆ネットでの反応の受け止め方◆◆◆

加藤　僕は、自分の文章にアイデンティティを置いていますね。新聞でも雑誌でも本でもSNSでも、媒体にかかわらず言いたいことをバーンと書く。それで問題が起きちゃうこともあるんですけど、僕の成長の糧《かて》になってくれればいいと思っている。

古市　加藤さん、なにかとネットで炎上してますよね。

加藤　そうね。**だけど、そうした反応に気を遣い過ぎると、文章にストーリー性がなくなって面白さが減りますね。**やっぱドカーンと言って、ドカーンと返ってくるのがいい。壮大なストーリーの中で僕自身は生きている。

古市　少年マンガの主人公のように、ドラマティックに。

加藤　とはいえ、慎重な面もありますよ。僕個人の言論が日中関係とか、中国人の対日感情に影響を及ぼしてしまう可能性があるという立場にいるので、常に気を遣いながら書いている。

国境を越えて言論活動をやっていると、言語や体制や宗教や、読者の側にいろんな違いがありますから、ときに誤解を生むこともあります。そこはもう国境リスクというかね、ある意味、僕の力では変えられない。気遣いつつ、割り切ってバーンという感じですね。

古市　加藤さんの文章には、バリアを張ってない印象があります。

加藤　べつに第三者の評価を得るために生きてるわけじゃないから。自分はこうであると納得して、果実に満ちたストーリーを生きればいいわけで。他人の目を気にしてばかりの人生にはしたくないですね。

古市　うん、それはそうですね。僕も、自分が信頼している何人かの人が評価してくれるなら、それでいいやと思っています。

◆◆◆古市の詩を加藤が読む◆◆◆

加藤　あ、そうだ。古市さんは、詩を書いていたんですって？

古市　ええ、まあ、なんか散文的なものを書いてましたね。
加藤　高校のときに詩のコンクールで受賞して、その詩をAO入試でアピールしたら慶應のSFCに合格となったとか。その詩、見せてもらえますか。
古市　あー、言われたので、いちおう持ってきていて。えー、これが、それをまとめたやつなんですけど（章末に掲載）。
加藤　おう、立派に製本されているんだ。賞を取った詩は？
古市　あ、そこのページのそれです。
加藤　朝の駅前には、
古市　いや、声には出さなくてもいいですけど（笑）。
加藤　じゃあ、黙読で。
（……加藤、しばらく黙読に入る……）
古市　（対談の同行スタッフのほうを向いて）なんか詩というか、何でしょうね。風景描写と、すごくわかりやすいモチーフで書いた散文というか。『方丈記』を下敷きにしたりとか。詩って、どう評価されるかわからなかったんで、わかりやすいものを書きましたね。
　中学生の時に一時期だけ日記を付けていたんですが、何も考えないで書いていたら詩っぼくなっちゃったんですよ。それから日記代わりに、たまに詩みたいなものを書くようになりました。だから詩を書くのが得意という訳ではなくて、ただのプライベートな散文というか……。

加藤　（……加藤、詩を読み終える……）

うーん、すばらしい。僕はこういうことを滅多に言いませんが、いや、感動しました。

古市　いや、いや、そんな、全然もう、ほんとに。

加藤　ほんとうに心から感動しました。これ、中学時代に書いたのですか。

古市　十七歳だから高校生の時ですね。

加藤　今でも書きますか？

古市　たまに。詩はフォーマットが決まってないんで、自分の好きな語感で、好きな言葉を並べられるというのが、楽しいというか、楽だなと思って、たまに書いたりしますね。でも、作品としてつくってるというよりは、単純にメモ代わりとして残している感じですね。

加藤　この「人」と題した詩。十七歳で書いた。

古市　はい。

加藤　いやぁ、こんなこと言ったら失礼かもしれないですけど、今、僕の古市観が一気に変わりました。変わった。

古市　どう変わったんですか？

加藤　以前はそう思ってなかった、と受け取られることを恐れずに言えば、活字・文字・文章に対して、極めて先天的なセンスを持っている。

古市　うーん。

加藤　**古市さんの持つ、この天性のセンスみたいなものが、現在の余裕というか余白につながっているのだろうと、すごく感じました。**

それは僕にないものです。僕は逆に余白を埋めるべく突っ走ってきた感じで、そこには自分なりのコンプレックスがあって。僕は、これまで生まれつき何かを持っていると感じたことがなかった。足が速いとか、読書とか、文章も含めて、何一つ天性の才能みたいなものは感じなかったですよ。

この詩、散文、二〇〇二年の日付ですから、僕らがまだ高校三年生の時ですね。

古市　もう十年も前のことですね。

加藤　努力とか、勤勉だけでは書けないですね、これ。

古市　でも、十七歳だからこそ、そういうのを書いたのかもしれない。感性って、どんどん変わっていってしまいますからね。今はそういう感性で文章を書くことはできないし、だから論文っぽいものを書いているのかもしれない。
感性は少しずつすり減っていって、そしていつか、なくなっていく。だから僕は、余白を埋めていくというよりは、どんどん失われていく感覚です。失われていくものを、何でどう代替しようか。そんなことばかり考えている気がします。

加藤　僕はこれ、常に思っているんですけど、じゃあ、人生、いつがピークなんだ、と。そう考えたときに、いや僕は、ずうっと「今がピークなんだ。だから今がんばるんだ」と言い聞かせてきた。加齢につれて、失ってきたものは確実にあるわけだし、逆に年齢を重ねてきたからこそ得てきたものもあって、どっちもどっち。
ううむ、いろいろ考えさせられますね。この詩を拝読できて良かったです。とっても。ありがとうございました。

それは風が砂を飛ばすのと
何ら変わらないことを

繰り返される朝の光景
人波は白い葬列
朝日に枯れてしまう雫を
僕を　人波を　ビルを
弔う白い葬列。

僕は指で空気をなぞり空に翳す
君は心地よい風を頬に受ける

僕は
全ては
世界のほんの一瞬間で起こる
極めて匿名的な出来事

君は階段を駆け上がる

(16　Sep　2002)

人

朝の駅前には
無常を争うように
毎日を生き急ぐ人々

顔を持たない
匿名そのものの人波に
同じ数だけの
顔を持つ
平凡そのものの生活。

建設途中の駅ビルが
来年にはさらに上空を狭める

だけど君は知っている

遠い国で、電話越しの「愛してる」を最後に
歴史の交差点の衝突に巻き込まれた彼女も
この街で、来年も夢も語らずに今日をこなす
諦観に満たされた名もなき少年も

この人波も　駅ビルも

百年後にはおそらく
跡形もなく
消えてしまうことを

第四章

自分をどう管理するか

ランニングで僕は自分を追い込むから、
脳が空白になる。
古市さんは、自分をあんまり
追い込んだりしていないですか
（加藤）

全く追い込んでないですね。
むしろ積極的に甘やかしてます

復旦大学のカフェにて

◆◆◆ランニングで脳が空白になる時間をつくる◆◆◆

古市　加藤さんは端から見ていても、すごく忙しいことはわかるんですけど、やっぱりスケジュールはぎっしり埋まっているんですよね？

加藤　そうね、ぎっしり、と。

古市　一日の中でのスケジュールは、だいたい決まっているんですか？

加藤　朝は遅くても五時に起きる。

古市　遅くても、って、それ僕の寝る時間かも。

加藤　寝る時間？

古市　寝るのは朝の六時ぐらいが多いです。

加藤　そうですか。
　僕は朝五時に起きたら、まずそのままイメージトレーニングに入る。およそ三十分間。毎朝欠かさずやっていますね。

古市　イメトレ。どんな？

加藤「今日は講義の後、人と会うのが三件。あそこで渋滞が起きるかもしれないし、あの人の話は長いから時間も伸びるかもしれない。だから、こういう感じで余裕をみておいて、こんな流れでいけたらいいな」というふうに、就寝までの一日をイメージする。本日の目的は、とか、そうした意識を持つのではなく、ざっとラフスケッチをするようにね。

古市　それをベッドの上で三十分。僕なら絶対に二度寝しますね。

加藤　腹筋したりストレッチしながらやってます。単に一日の過ごし方を確認するだけじゃなくて、このところ自分が悩んでいることを瞑想したりもね。「あ、やばい。最近は、これを考えきれてないな」とか。イメトレが終わったら、パッと起きて、掲載前の原稿チェックなどをしながらウォーミングアップする。で、雨が降っていなければ、ランニングに出かける。

古市　どのぐらい走るんですか？

加藤　だいたい一時間から一時間半ぐらい。

古市　けっこう長い。走ると、何か変わりますか。

加藤　頭の中が空白になる。

古市　走っている間は、何も考えない？

加藤　考えない。人間が脳みそを空白にするのは、そんなに簡単なことじゃないけれども、ランニングで僕は自分を追い込むから、空白になる。古市さんは、自分をあんまり追い込んだりしていないですか。

古市　全く追い込んでないですね。むしろ積極的に甘やかしてます。何も我慢せずに、夜中にもチョコを食べていたら、虫歯がたくさんできていました。

加藤　僕だって、雨の日に走るのは好きじゃないので無理はしないし、きついスケジュールのときは走らないこともあります。ただ、**ランニングは、自分との戦いだから、孤独感と飢餓感を育《はぐく》むのにいい。アポを取る必要もなく、道と靴さえあればいい。**

古市　そのあとに筋トレでしたっけ。

加藤　すぐにシャワーを浴びることもあるけれど、筋トレ入れることが多いね。腕立て伏せ一〇〇回、腹筋三〇〇回ぐらいを二回から三回に分けてやる。一気にやるわけじゃなくて、何かを考えながら、自分の内面と対話しながら、ゆっくりと。

古市　そのランニングや筋トレは、やっぱり執筆に集中するためのコンディショニングづくりとしてやるわけですよね。

加藤　もちろん、執筆につながっているし、健康にもいいし。あと、僕は公共の場に出るから、きっちり体格も保たなきゃいけない。

筋トレは、スクワットもやっているな。移動時には、カーフ・レイズが欠かせない。カーフ・レイズ、知ってます？

古市　さあ。

加藤　爪先立ちで、足首を屈伸させる筋トレです。ふくらはぎの筋肉が鍛えられる。緊急時に必要なダッシュ力がつくからお勧めですよ。

古市　それを電車の中とかでやるの？

加藤　そう、地下鉄の中とかね。軽いスクワットもやる。こないだ電車の中で、軽めのスクワットをやっていたら、女子高生たちが怪しそうに見ていた。あの人、バカじゃないのって目をして。でも僕は、違法行為はしてないんで勘弁して下さい、って気持ちで続けた（笑）。

◆◆◆一日にやるべきことは朝に終わらせる◆◆◆

古市　まとめると、ふだんの朝は、目が覚めたらストレッチをしながらイメトレと原稿チェック、そしてランニングと筋トレをしてシャワー、そして原稿執筆に入るわけですね。

加藤　ああ、あとニュースサイトのチェックは、朝にやりますね。チェックしながら、これはと思った記事を音読する。少なくとも日中英、三つの言語において各一本ずつ、あんまり長くない記事を取っておいて、バーンと発音する。

古市　語学の練習としてですか。

加藤　自分の声、表現力のチェックにも役立つから。声に出すことによって、「あ、こういう文章の構成があるんだな」ということを、鮮明に記憶できるし、あと、やっぱりこれから一日過ごすにあたって気合いが入るから。

古市　気合い……。じゃあ、その三カ国語の発音も執筆前にやる？

加藤　起床した後の、原稿チェックのときとか。ランニング・筋トレのあととか、必ずこのタイミングでやるというふうには決めてない。

古市　あ、決めてはいないんですか。

加藤　あのね、僕はそんなに綿密なスケジューリングはしないタイプですよ。さっきも言ったけど、ランニングはやらない日もある。絶対やるのはイメトレぐらい。少年時代からの習慣だから。そこから執筆に入る日だってあるのね。執筆しようとして、なんか書くのが嫌だ、パソコンで目が疲れた、となったら身体をほぐすために筋トレしたりするのね。

　順番は、それほど明確にしていない。僕は自分の感覚を大事にしたいタイプ。なんでまだニュースサイトのチェックをしてないのに走りにいくんだとか、そういうことにストレスは感じない。逆に、そのとき走る気になったら、すぐ走りにいく。走ろうと思っても、まだ身体が起きていないなと思ったら、ニュースサイトのチェックをする。

古市　とにかく朝のうちにいろいろなことをするんですね。執筆も一時間って決めているわけだから、午前八時台にはかなりのことが済んでいますよね。

加藤　そうそう。**例えば、半年間講師を務めた上海復旦大学では、講義の開始が火曜日の九時五十五分でした。その段階で、その日にやるべきことがだいたい終わっているというのが理想。**肝心の執筆が終わっていないのに、外に行くのは嫌なんですよ。

外出すれば、人とかかわる。社会における自分になる。不確定要素が生まれる。しかも、僕の場合は、どこに行っても人に囲まれることが多い。授業が終わっても、学生がなかなか離してくれない。そこを、「ごめん。用事があるから」と離れるのは、僕の主義に合わない。だから、執筆の仕事は朝、あるいは午前中に終わらせておくのが僕のスタイル。

古市　じゃあ、夜、寝るのは早い？

加藤　何もなければ十一時には寝ます。最近は、夜の会食も控えるようにしています。遅くても十時には帰宅して、いちおうメールチェックしたり、ＳＮＳでつぶやいたり、そんなことを済ませて寝る。

◆◆◆ 予定管理はグーグル ◆◆◆

加藤　まあ、ざっと僕の場合はこんなところですが、古市さんはどうなの？　寝るのが朝の六時ぐらいって言ってましたっけ。

古市　ええ、だいたい。起きる時間はいろいろで、人に会う時間に合わせて起きます。なので起きたら夕方ということも珍しくないですね。夜は誰かとご飯を食べていることが多いかな。一人でご飯を食べても寂しいので。で、文章を書かなくちゃいけない時は、だいたい真夜中ですね。

加藤　一日の中で、一番使っている時間って何ですか。

古市　何だろうなあ。人と会うこと？

加藤　それは、いま籍を置かれている会社の人とですか？

古市　いや、普通に友達とケーキを食べたり。最近は取材されたり、取材したり、次の仕事の打ち合わせとか。会社のメンバーとは、一緒にご飯を食べる時間が多いですね。いつでも会えるし、意識して仕事のために向き合う必要もないから、食事とか、自然な生活のリズムの中で会ってる感じです。といっても、深夜二時に「今からご飯行こう」とか誘われるんで、一般社会でいう自然なリズムではないですけど。

加藤　執筆は、みんなが寝静まってから。

古市　僕の友達はみんな起きてますけどね（笑）。ただ朝やるか、深夜にやるかの違いはあるけれども、執筆時間と外で人に会う時間との使い分けは、二人とも似てはいますね。

加藤　そうですね。執筆には集中力がいるから、一人にならなければいけない。
メールチェックなどはどうしていますか。僕は、寝る前が多いけれども、メールくらいなら、すごく疲れていてもできますからね。

古市　パソコンのメールは、携帯電話に飛ばしている？

加藤　飛ばしてない。僕、ケータイとか、見ない。これ、主義です。

古市　なんの主義？

加藤　僕は、携帯に取りつかれるのって一種の宗教だと思っているから。

古市　便利でいいじゃないですか。

加藤　というか、いつでもどこでもは便利でしょうが、そんな生活どうでしょうかね、と。僕、パソコンもできる限り外に持っていかないタイプ。メールも家のパソコンで見る。だって、**外には、外でしかできないことがあるでしょ。人を見る、人と話す、その場を感じる、飛行**

機に乗ったら、新聞をいっぺんに見比べる。時間が余ったら、沈思黙考する。ケータイいつも見ているの、それ、いかがなものか。

古市　僕は外出時にたいてい複数のモバイルを持って歩いています。ドコモのガラケーとソフトバンクのiPhone。一時期はX・i対応のモバイルルーターとパソコンも持ち歩いていましたが、最近は重いのでスマホだけですね。ただ、一台じゃ、つながらなくなった時に怖い。外国に行っている間も、当然ローミングで、ずうっと日本のケータイがつながるようにしています。こんなんですみません……。

加藤　いや、べつにいいんですよ。ライフスタイルはひとそれぞれだから。干渉する気はありません。

古市　飛行機の中でネットにつなげないと、もうすごく気持ち悪くなっちゃう。ヨーロッパへ行く十時間のフライトとかは、すごく苦痛ですね。今この時間に何が起こっている、っていうことがわからないのはイヤ。簡単なメモを残すのにもケータイは必要ですね。

加藤　メモは、僕、絶対に手書きです。日記も手書き。手帳やノートに書き込んでいくスタイル。

古市　大事なことは、僕もノートに書いているかな。まあ、すぐになくすんですけどね。

加藤　予定も手帳。

古市　予定はグーグルカレンダーですね。それ以外は使っていなくて、グーグルカレンダーとGメールで全部済ませています。

加藤　そこに全部の予定を入れておくんですか。

古市　はい。パソコンとモバイルは同期しているんで、基本的にグーグルカレンダーで全部予定は管理できます。会社のメンバーともそこで予定を共有しているから、ダブルブッキングもない。メールも全部Gメールで飛ばしているから、あとから全部検索できる。ホルダー分けとかはしないで、全部Gメールであとから検索って感じですね。

◆◆◆日本の会社は職ではなくメンバーシップで人を雇う◆◆◆

加藤　グーグルなどがまさにイマドキの若者のライフスタイルを支配している、とは言わないまでも、かなり上の世代とは違ってきていますよね。ただ、僕はあえて時代の逆を行こうと思っていて、もっと原始的でありたいと思う。

　とは言え、スケジュール管理をどのようにしようが、いろいろな雑務、大変でしょう。それ、どうしていますか。古市さんには、助手います？

古市　助手はいないです。

加藤　僕もいない。なんでいないんですか。

古市　だって、大抵のことは自分でやったほうが早いから。優秀なデータマンとかいれば助かると思うけど、誰かを育てている労力が無駄。別に自分が死んでも残るような企業を運営している訳じゃないんで。加藤さんはいます？

加藤　グーグルにも及ばないみたいな感じで、いないわけですね。雇ったら、逆にコミュニケーションコストのほうがかかりますよね。

古市　そう。特に僕は、自分に関するすべてのことを自分で決めたい人間なので、誰かに代行してもらえる部分が、すごく少ない。

加藤　なるほどね。僕の場合、助手がいたらいいなと思うときもあるけれど、最低限、日中英ができてもらわないと困る。それだけでかなり人材が減ってしまう。

古市　助手が欲しいなと思うときはありますよ。でも、それって単発で頼めばいい話であって、ずっと「助手」である必要はない。あと、人と上下関係ができちゃうのが嫌。

加藤　実際ね、チームで仕事を役割分担するよりも、自分が睡眠時間を二時間削ってやったほうが楽だったりしますしね。一匹狼っていうほどじゃないけれども、僕は、かなりインディペンデントにやっていきたいタイプです。

古市　ただ、自分の専門分野に関しての助手はいらないですけど、仲間は必要ですね。自分とは違う才能を持った人とは積極的に組みたいなと思います。それが会社をしている理由でもあります。会社ってのは、仲間たちとのホームベースというか、母艦みたいなもの。

加藤　中国ではそういう人がたくさんいますよ。テレビ局にいながら、誰それさんのアシスタントもやっているとか、多いんですよ。**そもそも中国はフリーエージェント社会だから、組織に対する帰属意識を持っている人が少ない。**

古市　ダブルジョブなんて当たり前なんですね。

加藤　当たり前です。日本で会社に勤めながら本を書く場合、ペンネームを使う人が結構いますよね。中国では組織に所属していようがいまいが実名で発信する人が多い。日本では、記者のツイッターを禁止している全国紙があると聞いたことがありますが。

古市　新聞社以外でも、あちこちで禁止されているし、いろいろと問題にもなっています。すべてツイートに上司に事前の許可が必要といった会社も多いですね。

加藤　中国じゃあり得ない。個人でガンガン発信すればいい。スター記者が生まれてくる。それが結果的に組織のブランディングにつながる。

古市　みんな本名で普通にやっている？

加藤　本名でガンガン。ただし、社名をはっきり記してくれ、と。それで結果的に一人ひとりの個が輝いたら、組織力がアップするという考え方ですね。

古市　みんなロジックとしてはわかっているんだろうけど、なかなか実行に移せないところが多いみたいですね。特に会社の偉い人に言われると、なかなか逆らえない。日本はフリーエージェント社会じゃないので、反旗を翻《ひるがえ》して会社を辞めるのも難しい。

加藤　名刺交換でね、なんとか部長とかって書いてあるじゃないですか。紹介されるときも、「なんとか部長の」と言われる。僕、思いますね。「部長ができる」って、その日本語おかしくないですか、って。

古市　日本の会社は人を雇うときに、基本的に職で人を雇いません。メンバーシップで雇います。どんな仕事を任せるかは二の次で、内側の人間になれるかどうかが大事。そこが、アメリカや中国と違うところ。向こうでは基本的にジョブで雇いますよね。日本はメンバーに入れるかどうかで雇う。だから新卒一括採用をする。就職は結婚みたいなものです。

加藤　結婚したら子供もできるし、家のローンもあるし、リスクが高い。それと一緒ですよね。そう思いませんか？

古市　そう、就職は結婚なんですよ。すごくハイリスク。

加藤　だからお互い結婚に慎重できたわけですけど（笑）、たぶん古市君はあれですよ。完全に意識の中ではフリーエージェントでしょう。

古市　まあ、意識の上でもそうだし、実際の僕の活動もそうですね。会社の他にもいくつかの場所に身を置いて、それぞれでリスクヘッジしてる。だけど、一人で戦ってるって意識はなくて、何人もの信頼できる仲間と一緒に、自由に生きているっていうイメージです。

加藤　なるほど。僕もそうです。つき合っている組織とかメディアの数だって、たくさんありますからね。僕はA・B・Cとランク分けしています。あっちは非常に緩いつながりで、こっちは部分的な契約結んでいるとか。

ちょっと言わせてもらいたいのだけれど、これからは日本も一億総FA宣言の時代ですよ。だって、少子高齢化も財政赤字も含めて、国内的に地盤沈下しながらグローバル化が進んでいる情勢下で、組織に所属しているかどうかを基準にしている場合じゃないと思うんです。僕たちは、どこに属していようが、国際化する労働市場の中で、自分の市場価値を高めておかないとならない。

古市　そういう意味で中国は参考になると思いますね。日本でも最近、ノマドって言葉が流行《はや》りました。一つの場所に所属しないで、遊牧民のようにいくつかの場所を渡り歩きながら働いていくスタイルのことです。
これはまさにフリーエージェントと同じような意味なんですが、そこで行われた批判というのが、結局そんなのはもともと高学歴であったりとか、高い専門性を持っていたりだとか、そういう一部特権階級しかできないことではないかって。

加藤　全然違う、中国では。

古市　たぶんそうじゃないですね。ダブルとかトリプルで職を持つことが、当たり前。しかも低い階層の人ほど、たくさんの仕事を掛け持ちしているかもしれない。

加藤　している、している。

古市　そのあたりも未来の日本を考える上ですごく参考になると思うんです。

◆◆◆中国は今や学歴社会ではない◆◆◆

加藤　だけど、中国の場合は変化があまりにも早すぎます。たとえば僕が中国に初めて行った二〇〇三年のころは、まだまだいい大学に入って、しっかり就職してっていうのを絶対としていました。ところが、今はもう学歴じゃない、学歴だけあっても意味がないって言っている。欲しいのは、技能だって。学歴社会から技能社会に変わったんです、たった八年ほどでね。

古市　おもしろい。

加藤　しかも中国の大学進学率は約三〇％まで上がってきました。日本は五〇％強ですよね。中国でも大学はエリート教育から大衆教育の狭間まで来ている。という中でみんな学歴だけじゃやっていけないと思い始めている。学歴社会のトップにいる北京大学生や清華大学生ですら「学歴だけじゃ食っていけない。使える技能を持たないと」と言って現状と葛藤している。当然、農民工も、蟻族（高学歴ワーキングプア）もそう思っている。

中国には、そもそもマニュアルというか、パターン化したものに一生を預けますみたいなことこそが最大のリスクだ、という考え方があります。**そのかわりに彼らが大事にしているのがインテリジェンス・ネットワーキング。中国人の優れたところだと思う。**仮に国が崩壊したらどうするか、という危機感を常に持ちながら生きている。各人のネットワーキングの中で情報交換して、一番リスクが少ないところに身を寄せて、生き抜こうとする。

なんか、話が逸《そ》れちゃいましたが。

古市　いいんじゃないですか。僕がちょっと聞いてみたいのは、そういう変化が激しい、不安定な社会の中で、加藤さんは異邦人なのに有名人として生きてきた。ストレスが高いだろうなと思うのですが、どうですか。

加藤　ストレス、プレッシャー、低くないですね。でも幼いころから高いストレスとプレッシャーの中で生きるのが好きだったので、それほど苦ではないですね。逆にお聞きしたいのですが、古市さんも僕も、日本で名が知れて、発言権を持つようになってからの期間は同じくらいですよね。しばらくやってきて、どうですか。心身両面における消耗度は？

古市　別に有名ってほどでもないんですけど、体力があんまりないんで疲れますね。今日はたくさん取材を受けた、がんばったなぁと思って、働いた時間を合計してみたら、六時間程度だったりとか。普通の会社員の人はすごいなあ、と。

僕は、稼働時間をあんまり多くしたくないので、最近は、取材依頼をそこまで受けないようにしています。取材されても同じ話の繰り返し、あるいは自分にとってどうでもいいことが多いんですよね。事件でコメントくださいと言われて話しても、こっちにいいことは何にもないじゃないですか。

加藤　ないね。

古市　その事件に前から興味があって、自分がそれに何かを言うことによって、社会がちょっと変わる。それなら意味があるけれども、そうじゃないかぎりは、何を言っても無駄という感覚があります。

べつに自分の知名度を上げたいわけでもないし。そもそも学芸書って、読者がせいぜい五万とか、一〇万人。それぐらいの小さな世界だから、日本中の人に向けて発信する意味はあんまりない。単純にテーマが面白そうだったら引き受けますけど、楽しくもないし、僕以外の人のほうが向いている内容だったら、自分がやる意味がわからない。

加藤　なるほど、そうやってセルフマネジメントしているのですね。

◆◆◆人脈には税のかけようがない◆◆◆

加藤　話は変わりますが、古市さんは、とても立派なオフィスを構えた、会社の役員をやっているじゃないですか。その会社って何をやっているの？

古市　会社自体は一応ＩＴコンサル的な会社です。

加藤　具体的な業務内容は？

古市　説明するのが難しいんですよ。自分たちが提供できるものは、何でも仕事だと思っているんで。僕の一学年上の友達が社長です。彼は高校時代から仕事を始めたんですけど、一言で言えばプログラミングやシステム構築の天才。高校生の頃から上場企業の仕事を引き受けて、使い切れないくらいのお金を稼いでいた。そこまで規模が大きくなったら、ということでゼントという会社を設立したんですね。
僕がするのは、彼のお手伝いというか、話し相手というか。比較的真面目な仕事なら、マーケティング的なレポートを書いたり、システム提案用の資料を作ったり。でも最近は、本の仕事とからめることが多いですね。会社として東京ガールズコレクションっていうイベントとの関わりがあるので、そのプロデューサーの人のルポを書いたり。

加藤　会社が消えたら、経済的にも困りますか？

古市　ええ、まあ、急に消えたらね。

加藤　ちょっとこれ、好奇心で聞きたいんですけど、例えば僕、資産を北京・上海・香港・台北・広東・シンガポール・東京・ロンドン・ボストンなど、いくつかの拠点に分けているんですよ。不動産を持っているわけではありませんが、貯金だけでなく、空間としての拠点に本の物置があるとか、情報収集のためのネットワークとか。そうやって、リスクヘッジしておかなければいけない状況はある。だから、人民元を持ってるし、香港ドルも持っている。米ドル、ユーロ、ポンドも持っているし。僕は資産管理が苦手なんですけど、そういったことを古市さんはどうしているのかな。

古市　まあお金というよりもリスクは分散させるようにしています。お金を分散していても資産はほとんど増えないですよね。それだったら人間関係を充実させたほうがいい。

加藤　日本では、銀行の利子もゼロに等しいですからね。

古市　そうですね。そのせいか外貨預金やＦＸのスワップなども流行っていますよね。日本の銀行でも海外グループ銀行の口座を斡旋したりしています。

加藤　個人の資産は？

古市　何をもって資産か、というのは難しいですね。お金や不動産を持っているからといっても必ず安心とは言えないですから。例えば日本がなくなったとして、どこかに逃げるとなったとする。そのとき、ただ外貨があるだけでは現状維持の生活しかできません。むしろお金よりも、色々な人と関係を持つことがリスクヘッジになると思うんです。その意味で、会社で行うビジネスというのは、最適なホームベースなんじゃないかな。

加藤　じゃあ、すごく会社をうまく活用しているのですね。

古市　そうです。特に少人数でやっていますから、僕一人でもこなす仕事の種類が多い。取材に行くことも多いですし、別の用件で行ったはずの出張が結果的に取材みたいになることもあります。そういう意味で、会社をうまく活用できているなあとは思います。

加藤　なるほど。あと、聞いておきたいのは、古市さん。例えば結婚とか不動産とか、家とか、そういうところに対する認識ってどうですか。

古市　僕自身は、できるだけ持たないようにしています。

加藤　ああ。

古市　家も当然、賃貸です。だって、三・一一で明らかになったと思うんですけど、大災害の時に一番困るのって、明日その場から逃げられない人です。ふつうに通う会社があり、家族と持家がある、というういわゆる中流の人々。これまで一番安定的だと思われていたものが、実は突発的なリスクには弱いことがわかった。そんな風に考えると、所有って、どうしてもリスクに思えてしまう。

加藤　やっぱりリスクは背負いたくない？

古市　うん。だから、できるだけ持たないようにはしていますね。持っても意味がないものは極力持たない。意識的に持つようにしているのは、人脈くらいでしょうか。人脈って非課税じゃないですか。モノを買うことや不動産を持つことに課税はできても、人脈には税のかけようがない。だから、そういう資産は持つようにしています。

加藤　人に投資する？

古市　周りに信頼できる人がたくさんいることは、すごく大事だと思っています。そのことに関しては、すごく意識はしていますね。

加藤　人脈、大事ですよね。続けてその話をしましょう。

第五章

人間関係をどうマネジメントするか

本当はコミュニティの中で、自分が一番下っていうのがいいんです
非常にしたたかですね（笑）

上海の加藤の宿舎で

◆◆◆利害関係があったほうが人間関係は続く◆◆◆

加藤　まず、古市さんの会社での人間関係はどうなっているのか説明していただけたら、と。仕事内容やお金の仕組みについては教えてもらえましたけれど、人と人のつながりという意味で会社はどんな位置づけですか？

古市　三人だけでやっている、小さな組織です。一緒に働いているのは、友人でもあり、仕事のパートナー。彼らと未来を共有しているという感じです。

加藤　それ、いいですね。作ろうとして作れる関係性ではないと思いますよ。

古市　そうですね。プログラミングの天才であるうちの社長と、大学でたまたま知り合っていなければ、今のようにはなっていなかったと思います。

加藤　その社長さんにとっての古市さんは、どういった存在？

古市　まあ、主に話し相手的な（笑）。

加藤　話し相手になりながら、文章作成の部分で支えている。

古市　ええ。あとは最近だと、僕の出版やメディア関係の仕事が増えたので、そこでコラボレーションをしたり。

加藤　もう一人の方は、何をやっているんですか？

古市　もう一人は、二人より一回り年上ということもあって、普通の会社で言えば営業ということになるのかな。新聞社の営業出身の人なので、もともとそっちに強いんですね。あとは企画だとかイベント系の仕事もよくします。

加藤　三者三様であるわけだ。

古市　三人が個々、バラバラに動いていて、協力できるところがあったら協力するという関係ですね。仕事がバラバラだから、同じマンションに住んでいるんですよ。

加藤　同居している？

古市　いや、同じマンションの中の違う部屋にそれぞれが住んでいます。フロアは違うんですけど、数分で会いに行ける距離。

加藤　ああ、そうしているわけか。各人に得意分野があって、友達同士で結束している会社。それがあったら強い。

古市　だけど、僕たちも純粋な関係性で結ばれているわけではありません。結果的にかも知れないけれど、そこにはもちろんいろいろな利害も絡んでくる。

加藤　それはそうでしょうね。

古市　うん。人間関係って、そのほうが続く。**会社にかぎらずに、僕は友人として知り合った人も、「この人と長くつき合いたいな」と思った場合は、なんらかの利害関係に巻き込んでしまうことが多いですね。**そのほうが関係は長く続く。一方で、感情だけでつながっている「友情」とか「愛情」っていうのは、とてももろい。

友情って、少なくとも一瞬はお互いが思い合えたという気がするけど、それはただの共同幻想。それが長続きするなんていう保証はありません。だけど、一緒に仕事をするなり、何らかの利害に巻き込んじゃえば、突き放すこともできるし、もっと近づくこともできる。

加藤　なるほど。

◆◆◆上海市長クラスと会ったときどうするか◆◆◆

古市　加藤さんは、かなり地位の高い人とのつながりも色々あるみたいですね。そういう人とは、どうやったら仲良くなれますか？

加藤　**僕が人脈づくりで一番大切にしているのは、自分の分野できっちりとした力を示すということです。**実績を残すことにつきる。テクニックとか、酒を飲んだりとか、そんなのは付随的なもの。

古市　実績を残すというのは、どういう意味ですか？

加藤　執筆、講演、テレビでのコメント、随時・随所。でも、大きいのは書き手としての実績ですね。

僕が書いた評論が、中国上層部の政策に反映されたりすることもある。それが最大の実績だと認識している。だから、まずは社会を変えるポテンシャルを秘めた文章をしっかり書く。胡錦濤《こきんとう》に届けっていう気持ちで書いてきたから。

古市　どういう媒体で書けば、そんなところまで届くんですか？

加藤　かなりレベルの高いメディア。英フィナンシャル・タイムズの中国語版とか。中国メディアでも新聞、雑誌、テレビ、ウェブを含めて、意識的にレベルの高い媒体で発信してきました。それらを上のほうの人が定期的に読んでいて。監視目的もあると思うけど（笑）。これはおもしろいとなって、書いた僕が政策論議に入っていって。そこから、またいろんな人を紹介されていって。ネットワークが出来てくる。

古市　何を書くと、そうなるんですか？

加藤　例えば、人民元の国際化はいつやるべきかとか、中国の民族問題、チベット・ウイグルの問題をどう解決するかとか、台湾問題の落としどころはとか、尖閣問題で日本国内の世論はどうなっているとか。トピックはいくらでもある。僕はかなり具体的に提案をする。もちろんすべての文章が影響を持つわけじゃないけれども、実現性のある提案を出し続けていると、必ずどこかで高級官僚や企業家、時には軍人からも、「見ました」「会いたい」と来るんですよ。

古市　会いたいという打診は、知り合い経由で来る？

加藤　それもあるし、直接メールや電話が来る場合もある。いろいろですね。企業家であれば、「おもしろかった。ちょっと一緒に食事しましょう」という感じ。知識人、文化人の反応は、「一緒に今度、議論しよう」。上のほうの人であれば、政策論議になるんで、「会って、そういう話をしましょう」と誘ってくる。

古市　へぇ〜。なんかすごい。

加藤　あと人脈の作り方で大事なのは、パーティや会食などの場で、きっちりと自分を表現するということ。向こうの人が知りたがっていることをとことん語る。いろんなパーティに参加しまくるのは僕のスタイルじゃないので、呼ばれたところ、出くわしたところで、ピンポイントなパフォーマンスをするようにしている。

古市　中国の政府関係者にも知り合いが多いんですよね。

加藤　市長とかね。

古市　上海市長ですか？

加藤　上海市長かどうかは言えないですけど、仮に上海市長クラスの人と会ったら、僕は場を読んで、場をグワーと支配して、市長が聞きたがっているようなことを、クリティカルにパーンって伝える。例えば宴会の席で、「上海は経済の中心なのに、新聞やテレビの言論はとっても保守的。二〇二〇年に国際金融センターになるというなら、開かれた言論空間がないと信用力に関わりますよ。報道・言論統制は段階的に緩和させるべきです」とか言う。あえて皆さんの前で、市長のメンツを潰すこともある。リスクもあるけど、そこは現場の判断で、思い切って発言してみる。別に二度と会えなくなったって死ぬわけじゃないから。もう経験ですよ。だいぶ慣れてきた。

古市　緊張はしませんか？

加藤　上の人は、緊張しない。相手も突き抜けているから。逆に、日本の企業の管理職の人とか、どう接していいかわからないような人相手は緊張する。

古市　偉い人といえば、今年（二〇一二年）は中国のトップが替わる年ですね。中国の政権交代ってどんな感じなんですか。あんまりイメージができないんですけど、それで一気に社会もガラッと変わっちゃう感じですか。

加藤　政治情勢によります。変わる時期もあるけど、政権交代期は、党中央が安定第一の政策を打ち出すから、どちらかというと変わりにくい傾向にある。市長は、中央の組織部というところが決めているんで、地方の行政は政治情勢の影響を強く受ける。地方独自で選挙をやるわけではなく、中央政府の任命制ですね。

古市　トップが替わることで、加藤さんは動きやすくなるのか、動きにくくなるのか。

加藤　情勢次第、あるいはトップが誰であるか次第ですね。自分のいる場所にもよる。上海では難しくなるけど、四川は動きやすいとか、北京は動きにくいとか、ケースバイケースですね。そこが中国政治の面白さでもある。場所や時間によって、自らの動きにも違いが出てくるわけだから。バランス感覚や判断力が求められる。僕の中国におけるネットワークというか、人脈の要になっているのはやっぱり大学ですよ。

古市　大学？

加藤　全国の大学に共産党の委員会があります。共産主義青年団（共青団）という若い、若手のユースグループがある。そうしたところとの関係が大事。そこから派生して、政治の上のほうの人とつき合えたりということもある。だから、大学との人脈をすごく大事にしている。

古市　大学は政情がどうなっても変わらないということですか。

加藤　比較的安定している。それに、中国で大学のトップは学長ではなく、共産党委員会書記なんだけれども、彼らは日本のポジションで言うと大臣クラスになる。

古市　各大学に大臣がいるようなものなんですね。日本の大学とは違いますね。

加藤　僕は全国の大学を講義で回ってきた。その過程で、政治関係者との人脈も強化してきた。ネットワーク作りの意味で大学とのつき合いは今後とも大切にしていきたい。

◆◆◆基本的にやりたいことは口に出す◆◆◆

加藤　古市さんは、どうなんですか。人脈はどう意識します？

古市　人脈を作るというよりは、たまたま友達として知り合って仲良くなった人と、どんな仕事ができるかなって考えることが多いですね。僕の周りにはものすごいネットワークを持っている人が多いので、そういう人経由で、知り合う人はどんどん増えていくので。

加藤　キャリアアップの観点ではどうですか。例えば、こんなところでものを書きたいとか、その編集長とつながろうとか。たくさん話は来ていると思いますが、自分からアプローチしてみたいなというのは？

古市　**基本的にやりたいことを口には出しますね。何かをやりたいなと思ったら、いろんな人にとりあえず言ってみる。**そうしたら、誰かがそのことを覚えていて、どこかでつながるかもしれない。

加藤　アンテナを張っておく。

古市　張っておく。あとは、ほんとうに仲良くなりたい人に会ったら、例えば、名刺を持っていても忘れたフリとかしますね。あとからメールを出す口実をつくりやすくするために。

加藤　ただ基本は偶然とタイミングに任せますね。だって、本気になったら、意外とどんな人にでも会えるじゃないですか。ツテをたどれば、その人に近いところまではたどりつく。だけどそんな本気にならなくちゃいけないくらい、その人と距離が遠いんだったら、せっかく会えたとしても仕事になるかは怪しい。

逆に偶然に会える人というのは、自分と生きている世界やステージが近い人ということ。だから遠くのすごい人よりも、近くの人との縁を大事にしたいなあと思っています。

加藤　有名教授との共著を何冊か出していますよね。

古市　ええ。上野千鶴子さんと本田由紀さんですね。お二人の共通点は、ただ研究室にとじこもっているんじゃなくて、アカデミックサークルの外側に向けて、臆さずに言論を発信し続けていること。有名教授だから仲良くなったんじゃなくて、そういう活動をしている人と仲良くなりたいなと思ったら、結果的に、っていう感じですね。

加藤　なるほど。古市さんが、人脈で一番大事にしている分野って、どこですか？

古市　大事にしている分野。どこだろう？

加藤　分野はあんまり気にしていないですね。ただ、分野によって、最適なつき合い方は違うのかも知れないですね。学者同士だったら、半年に一回メールを出したり、論文を見てもらうことが、一番の最適な関係のつくり方かもしれない。ビジネス関係の人だったら、毎週一回、場合によっては毎日のように会う期間があって、そのあとは特に連絡し合わないでも、ずっとつながっていたりする。

古市　人脈は資産だって、古市さん、言っていましたね。

加藤　うん。人脈というか、まわりにいる人によって、自分も変わってきちゃいますから。資産といえば、自分の友達にとっていかに自分が有益な存在であることができるか、ということはよく考えますね。

古市　なるほど、なるほど。

加藤　僕がテレビとかに呼ばれて、ひょいひょい行くのは、半分くらいはいつも会えない人に会えるからなんです。政治家の人、官僚の人とか、そんな機会でもないとなかなか知り合えない。それがテレビだと、ゲストという対等な立場で出会える上に、舞台裏や楽屋で個人的な話もできるので。まあ、これは人脈を作るというよりは、社会の色んな場所に生息している人を観察したいっていう研究者魂みたいなものかも知れません。

◆◆◆コミュニティの中で自分が一番劣っているのがいい◆◆◆

古市　自分が有名になると、相手が有名な人であってもアプローチしたら会ってくれたりとか、人との関係はつくりやすくなりますよね。だけど加藤さんくらい中国で有名だと、逆にやりにくい面もあるんじゃないですか？

加藤　中国だとウェットな関係が多い。

古市　ウェット？

加藤　「おまえな、俺とは鉄の兄弟じゃなかったのか」とか言って。こないだも中国の人から言われた。「加藤さんは、一匹狼タイプですね。でも、中国では、距離感ゼロがいいんですよ」と。仲良くなったら、仕事でも、プライベートでも、距離感のない関係がいいという感覚がある。僕は場面ごとに全力投球してつき合いたい人間だから、そこらへんは大変ですよ。

古市　ああ、大変そうですね。あと、加藤さんくらいの知名度だと、向こうが「加藤さ〜ん」と寄ってくるところから人間関係がスタートしてしまうから、フラットなつき合いが難しくなるということはありませんか。

僕って、自分が相手よりも高い立場からはじまる人間関係って、すごく違和感があるんですよ。本当はコミュニティの中で、自分が一番下っていうのがいいんです。

加藤　一番下？

古市　**だって、まわりが自分よりも賢い人、すごい人ばかりだったら、こっちは得るものばかりじゃないですか。逆に自分が偉くなってしまうと、そのコミュニティから得られるものはとても少なくなる。**「すごいですね」とおだてられても、少しも嬉しくない。だから僕はコミュニティの中で、一番劣っているくらいの立場でいたいんです。偉くなりたくない。

加藤　ああ、なるほど、そういう意味ね。

古市　まあ、自分に得られるものがない環境が嫌、というのは、ものすごく自己中心的な発想なんですけどね。与えられたぶん、与えろって話なんだろうけど、まだ偉くなるには早すぎる。だから、できるだけ自分より偉い人、すごい人をいつも探しています。

僕が今の会社を自分のホームベースと思えるのは、一緒に働いている友達を、素直に尊敬できるからかも知れません。その子、本当にすごいんですよ。考えてみたら、そういう尊敬できるような部分がない人との関係は長続きしていませんね。

加藤　非常にしたたかですね（笑）。

古市　したたかなんですかね。ただの自己中じゃないですか。

加藤　いや、ほんとうにいい意味でしたたかですよ。

◆◆◆女性との関係を大事にしている◆◆◆

加藤　じゃあ、僕がつき合いたいなと思う人間。例えば、中国でも日本でも、現役の大学生。僕は彼らと一緒にガァーって議論をし、飯を食い、お酒を飲む。その中で、僕は彼らからエネルギーを貰える。彼らは、社会人にはない発想をする。刺激をもらえるから大事にしている。自分が上流に立ってしまうところはあるけれども、得られるものは大きい。

古市　現役の大学生ということは、僕たちよりも五歳から十歳弱若い人たちですね。

加藤　**三十歳から六十歳までの人は、基本的に要らない。**仕事でのつき合いはしょうがないけど、深くつき合う意味があまりない。もちろん例外は排除しません。素晴らしい先輩方は少なからずいる。ただ、中間にいる人たちは、基本的に保身に走るし、社会から排除される、淘汰されることを恐れて生きている。言ってること、考えていること、一緒だもん、新聞や本に書いてあるもん。自己保身、メンツ、穏便、ことを荒立てない、空気を読む、おべっか、気遣い。息苦しいよね。僕からすれば。発見がない。

古市　六十歳以上ならいいんですね。

加藤　あくまでも相対論だけどね。六十五歳とか、七十歳とか。もっと上でもいい。こういう人たちは超越しているから、お話を伺っていて有意義。変なプライドがないので、「おお、加藤君。がんばりな」って、かわいがってくれる。こちらも遠慮なく思いっきりぶつかっていける。

古市　そういう傾向は、たしかにありますね。偉い人ほど、余裕もあるし。

加藤　はい。あと、女性は大事にしています。

古市　大事ってのは、どういう意味で？

加藤　プライベートでも仕事でもちゃんとつき合う。やっぱり女性は男性とは違う生き物なので、アイデアの出し方が違うというか、やりとりをしているとインスピレーションが生まれやすい。

古市　どれくらいの年齢の女性がつき合いやすいですか？

加藤　三十五歳から六十歳くらいの方々。特に中年のおばちゃんは大好き。話しやすいし、すごくかわいがってくれるし。

古市　あ、僕も似ている。それくらいの年齢の女の人と話すのは、気が楽。なんでだろう？

加藤　感性がいい具合に違っているからでしょ。

古市　感性？

加藤　感性っていうか、これが男性相手だと、へんに気を遣ったり、意識したりするところがあるじゃないですか。年上の男性には、納得していないのに自分を抑えなきゃとか、ほら、あるでしょ。

古市　僕も男性相手のほうが、距離感の取り方が大変かも。対等なのか、上なのか、下なのか、そのへんの見極めが難しい。それが女性相手だと、フラットなコミュニケーションができる。年上だということで、敬語を使うことも多いけれど、カジュアルな感じでも意外といける。年配男性だと距離感の縮め方が難しい。

加藤　あと、彼女らは僕にない発想を持っています。得るものがあるとかないとかじゃなくて、だから話していて単純におもしろい。

古市　あと、今社会で活躍している年上の女性たちって、男社会の中で戦ってきた人が多いですよね。だけど、女性ならではの価値観みたいなものも、きちんと持っている。だからマッチョじゃないけど、がっつり仕事の話もできる。

加藤　古市さん、中年女性にモテるでしょ？

古市　モテるっていうか、話は盛り上がることは多いですね。女子同士の会話みたいになる。完全に女子会みたいな感じですね。

加藤　こんな僕ですら、彼女たちからすると、子供みたいに見えるようです。かわいがりたい子供みたいなイメージだそうです。僕としても、小娘とではなかなか話が合わない。年上の女性がちょうどいい。

だから、どこのとは言いませんが、女性キャスターの方とかつき合いやすいことが多いですね。これは日中問わずしてそう。人妻さんとか、旦那の愚痴を言ったりしてね。僕もけっこう冷静にアドバイスしたりしてね。

古市　人妻……。

加藤　そりゃ、もちろん気をつけてますよ。人妻って言ったからいけないのかな。そういう意味でのアレは、ない。

でもね、僕は言いたいですね。日本は、女性のポテンシャルがまだまだ生かされてない。

いい人材がいないと嘆く前に、女性の力を掘り起こせって思う。外国人の力に頼る前に、主婦の力を見出せ、と。日本には眠れる獅子がゴマンといる、その中心にいるのが女性。

古市　完全に同感。日本の女性労働力は、本当に活かされていない。高等教育まで受けた優秀な女性が働かないって、もったいないなあと思います。女性っていうのは、日本に残された「余白」の一つですね。

加藤　ね、そうでしょ。なんか僕は気合いだけの男、というふうに思われることもあるみたいなんですけど、働く女性の価値を大いに認めているわけです。

◆◆◆友達について――孤独じゃない状態がわからない◆◆◆

加藤　ところでね、古市さん、女性の話はともかく、友達っていますか？

古市　えっ、友達ですか。

加藤　自分より偉い人、秀でた人に囲まれているのがいいんですよね。それはなるほどですが、じゃあ、友達はどうなんだろうと思って。

古市　友達はたくさんいますよ。だけど、利害も何もない純粋な友情みたいなものを、僕はあまり信じていないので、一般で言われる友達とイコールかはわかりません。

加藤　利害で割り切っている？

古市　割り切るというほどではなく、たぶんこの人とつき合ったら、ちょっといい人生になるかな、と思える人を増やしていくというイメージかな。

加藤　僕はね、友達ほとんどいないですよ。**表現者には孤独感と飢餓感が必要。孤独な人が生み出すものというのは力強いという確信がある。**信念、魂がこもっている。違いますか？

古市　うーん、僕はむしろ、孤独じゃない状態がどういうものか、あんまりよくイメージがつかない。だって、人と人がわかり合えたと思っても、それってその瞬間における、お互いの幻想に過ぎないわけじゃないですか。

加藤　そうおっしゃってましたね。

古市　結局、「わかりあえた」という幻想を共有できただけで、それをいくら言葉で確かめようとも、本当のところはわからない。僕にとっては、孤独という状態がデフォルト過ぎて、孤独じゃない状態がわからない。

加藤　僕もわかんないですよ。

古市　うん。

加藤　僕が指摘したいことは、自分の中の葛藤《かっとう》ですね。これでもないあれでもないと試行錯誤しているときに、安易に人に相談するんじゃなくて、自分の中できっちり消化していく。それを日常的に繰り返している人のことを、孤独な人だと僕は定義するわけです。そういった人たちが何かパワーを生み出したときには、信念や魂など踏み台・拠り所になるものがあるわけですよ。それは葛藤を繰り返す中で、できてくるものなんですよ。

古市　加藤さんは、その葛藤がいつぐらいからありました？

加藤　昔からですよ。もうずうっと、ずうっと、小学校時代から。

古市　小学生の頃の葛藤って、どんな感じだろう。

加藤　例えば、僕は体格が良かったので、小学校三年生のときに柔道でスカウトされた。で、頑張って、それなりのレベルまで行った。でも、父の仕事の関係で引っ越しするから、やめなきゃいけなくなった。

中高時代であれば勉強ばっかりやってる特進科というところにいながら、スポーツばっかりやってる強化部に属する駅伝部に所属していた。特進科は僕一人だった。普通科の生徒は、三時二十分に授業が終わる。でも、僕は五時まで授業がある。そこから駅伝の練習に行くと、もう誰もいないわけですよ。クラスでも部活でも、僕だけ違う立場だった。その大変さを理解できる友達はほとんどいなかった。

古市　独りだった、という訳ですか？

加藤　中国に行ったって、ある意味、同じだった。北京大学のクラスメートの中で、僕は唯一、テレビに出て自分の考えを公に発表する立場になった。常に周りとは違った。僕は違うことを良しとする人間なので、そのこと自体は問題ない。でも、やっぱり自分の悩みとかは他人に伝わらない。

今だって、そうですね。文化人からはあいつは文化人っぽくないと言われ、学者からは学者じゃないと言われ、ジャーナリストからはジャーナリストに非ずと言われる。誰からも理解されない。僕はこの誰からも理解されない状態こそが正しいんだと信じて疑わない。簡単に理解されないからこそ、プレミアなんだと。というふうに思えてきたのは、最近ですね。

古市　それは僕もわかります。ポッと出のくせに社会学者を名乗るな、とかの批判もありますから。三十歳くらいの、ちょっと年齢が上の研究者の方から言われることが多いですね。ただ、それはあんまり気にならない。

なんでかと言うと、べつに社会学の世界なんて、外側から見たら小さなコップの中の出来事に過ぎないから。その中で起こる小さな批判なんて、一歩引いたら本当になんでもないこと。でも、僕を批判する人の気持ちもわかるんです。彼らにはコップの中の世界しかない。正確に言えば、そう思い込んでいる。そのコップで、自分よりも能力がなさそうな奴が、へんに目立っているというのは、確かに妬《ねた》ましいだろう、と思う。

加藤　そうですか。そう達観しているのですね。

古市　達観とまでは言えないでしょうけれど、コップの外側の世界も知っているからじゃないですか。幸いなことに、アカデミックサークルを「ここが唯一の自分が生きていける場所だ」と思い込む必要がない。だから、いくらでもコップ自体に対する批判もできる。そんなことができる今の状況は、とても恵まれているなと思います。

加藤　うん、わかる。共感します。僕も、これまでお世話になってきた人、一番大事なときに自分を救ってくれた人たちの期待を裏切らないように、と常に思っている。

あと、さっきの友達の話ですけど、自分が親友と言えるような人間、何の遠慮もなく、率直にコミュニケーションを取れる人間って、三人いれば十分だと思う。僕、中国に親友が一人いる。彼とはいかなる利害関係もないね。北京大の同級生で、いろんなことをガンガン議論し合ってきた仲。思想的なレベルでつながっているという感じ、彼とは。

古市　なんだ、友達、きちんといるじゃないですか。

加藤　日本にも一人います。彼とは、ルームメイトでもある。

古市　ルームメイト？

加藤　アパート。東京で、一緒に借りている。

古市　なーんだ、日本にも友達いるんだ。

加藤　うん。東京滞在するとき、最初はホテルに泊まっていたんですけど、もうチェックイン&アウトが面倒くさくて。だから、僕もちょっとだけお金を出して、普段はその友達が使っている部屋がある。彼とは、仕事上のつき合いもあるし、旅行も一緒に行くし、公私混同で面白くやってますよ。

古市　ほんとに仲良しなんですね。

加藤　仲いい。お互いに高め合って生きられるような。かつ、プライベートでもバカ騒ぎができるような関係。いい具合に長所も、短所も違うみたいなね。

古市　じゃあ、うちの会社の人間関係とそんなに変わらないかも知れない。

加藤　でも、こういう関係がいいと思えるようになったのは、最近です。誰からも理解されなくていい、そう思えて初めて見えてきた友達がいますね。今では、親友の存在が本当にありがたい。心の底から感謝してます。

上海路上トーク③

家族と結婚について

◆◆◆祖父の存在は大きかったかもしれない◆◆◆

古市　有名人になって、家族は喜んでくれましたか？

加藤　母には、去年、初めて来てもらいました。

古市　中国に？

加藤　ええ。来てもらって、母はようやく僕が何をしているかを具体的に知った。基本的にこちらからは何も言わなかったんです。

古市　そうなんだ。

加藤　もう幼いころからそうなんですよ。弟と妹もいるんですけど、みんな独立してるから、お互いに何をやっているか言わない。

古市　日本でテレビに出るときとかも、全然言わない？

加藤　僕がテレビとか、それなりに意識して出ているのは、やっぱり母親の存在が大きい。まあ、お祖母ちゃんや親戚とかも含めて、単純に喜んでくれたら嬉しいというぐらいですよ。たまたまテレビや他のメディアで見てくれたら、それが近況報告になるだろう、と。

古市　僕も自分の仕事の説明はあんまり親にしてないですね。親が勝手にテレビを録画してる、ってのはたまにあるみたいですけど。

加藤　勝手にしてる？

古市　べつに仲が悪いとかじゃないんですけど、家族とは異世界な感じ。

加藤　東京出身ですよね。

古市　東京出身で、今、両親は埼玉に住んでいます。僕が今住んでいるところから、最寄り駅まで電車で三十分ぐらい。遠くないんで、簡単に帰れるんですけど。

加藤　きょうだいは？

古市　二歳違い、四歳違いの妹がいて、上とはふつうに喋りますが、下とはたぶん五年以上、話してないんじゃないかな。いや、十年ぐらいか。

加藤　性格が合わない？

古市　何かのきっかけで喋らなくなって、それ以来、なんか。一度そうなると、関係の再開って難しいじゃないですか。

加藤　今の古市さんをつくり上げてくるまでの家族の影響、あるいは存在というのは？

古市　祖父の存在は大きかったかもしれないですね。文章を書いたり、絵を描いたりする人だったんで。

加藤　お仕事は何を？

古市　もともとは公務員で、途中からは実家を継いで自営業ですね。ただ僕が生まれたころには、もうほとんど仕事を畳んでいました。だから一緒に都営バスの一日乗車券で東京を回るとか、小学校の低学年の頃に、よく遊んでもらっていました。

◆◆◆ぶっ飛んだ親父◆◆◆

加藤　僕は、親父の影響が大きいですね。一昨年に亡くなったんですけど、彼の一生をドキュメンタリーにしたら、絶対におもしろい。ぶっ飛んでる親父だったから。

古市　どんな風にぶっ飛んでるんですか？

加藤　酔っぱらって回転寿司で、寿司だけ取るとか。それで空の皿が回ってます、みたいな。あと、急に殴られるとか。「なんで殴るの？」「いや、お前を鍛えるためだ」とか。

古市　仕事はしてたんですよね？

加藤　もちろん。事業に失敗したんですけど、仕事はちゃんとやっていた。

古市　ちゃんと働いていたお父さんだけど、家庭内ではＤＶをしていたということですか。

加藤　いや、あのね、みんな、大好きなんですよ、お父さんのことは。

古市　みんな、大好きなんだ。

加藤　ここでは言えないような話ばかりですよ（笑）。家族に迷惑ばかりかけていた。だからこそ、見捨てられないところがあった。

古市　そういうエピソードがたくさんあるんですね。

加藤　だから、「お父さん、きょう、何しでかしてくれるんだろうねぇ」と、みんな不安ながらも、そういう雰囲気を楽しんでいる節もあった。お金がなくて自分の子供たちが飢えているときも、仕事の合間にタケノコ掘ってきて、それを一回しか会ったことのない知人にあげたりね。行動が読めないんだけども、いろんな人から愛されていて、お葬式のときは長い列ができていた。みんなに愛されて亡くなっていった。最後は平静とした笑顔でした。そういうタイプの父です。

古市　自由な方なんですね。

加藤　もう自由、自由。だけど、基本的には体育会系。一つ下の弟と僕と親父と三人で、幼いころからバイパスを走っていた。

古市　それで加藤さんは、駅伝選手に?

加藤　指導者という意味合いじゃなかったけれども、やっぱり何て言うのかな、すごく身近な存在でしたね。必要以上にこれをやりなさい、あれをやりなさいとか、子供に干渉はしない。ほんとうに必要なことしか言わない。だから、やりたいことができた。忍耐力もついた。それは僕にとってすごく大きかったのだと思う。

古市　日本の大学に行かないで、中国に飛ぼうってときも反対はされなかった?

加藤　ない。お前はもう大人なんだから、自分で決めなさい、と。

古市　独立心も養われたんですね。

加藤　そう独立心。でも、ずっと独りというのは違いますよ。家族の存在はこれまでも、これからも僕の核心だし、自分ががんばれる一番の原動力です。

◆◆◆ 結婚しても、玄関は分けたい ◆◆◆

古市　家庭をつくりたいとか、思いますか?

加藤　思わなくないですね。家庭を持つことで、いい意味で落ち着いたり、変わったりするのは、一人の人間として健全なことです。それに、ほんとうに自分の相談をできる人って、たぶん奥さんしかいないと思うんですよ。

僕自身の両親の会話で一番多く出てきた単語は「離婚」だった（笑）。けれど、父の墓守をしている母を見ていると、本当にわかり合っていたんだなと感じるし。だから、結婚というのは、人生における必要十分条件とまでは言わないけど、必要条件としてあるのかなと思います。

古市　なるほどね。

加藤　どうですか？　その辺は。

古市　家族、今のところは要らないですね。

加藤　奥さんは要らない？

古市　いてもいいんだけど、重いのは嫌だなあ、って。

加藤　重い？

古市　自分以外の人生を背負いたくない、と言ったらいいのかな。

加藤　子供に興味はないですか？

古市　今のところは、自分の限られたリソースを、子供にまで投入するような余裕はないですね。ただ、例えば四十歳で結婚してないと、「ちょっとこの人は」と見られることがあるじゃないですか。そういうの嫌だけど。だから対外的な視線を気にすると、三十くらいで結婚もありかなと思うんだけれども、積極的に結婚を考えたことはないですね。

あと、専業主婦の相手は嫌ですね。自分以外の誰かが家に帰ったらいるのって、怖い。しかも家で自分のことを待ってくれてる人がいる、自分のことを考えてくれてる人がいるという状況自体が、なんか気持ち悪い。

加藤　一人にしてくれみたいな？

古市　そう。だから結婚しても、玄関は分けたい。

加藤　え？

古市　同じマンションの違う部屋に住むぐらいがいいなと思って。一緒に住みたいとか、あんまりない。

加藤　あくまでも社会的な信用力という意味で、結婚を捉えているわけですか。

古市　まあ、ちゃんと考えたことはないんですけど。

加藤　帰る場所がほしい、というのはない？

古市　帰る場所は自分の部屋とかでいいんじゃないですかね。精神的な存在ではなくて、あくまでも物理的な空間としての帰る場所。

加藤　このへん、古市さんならでは、ですよね。

古市　もしも最愛の人ができたとして、その人さえいれば他には誰もいらない、みたいな状態が嫌なんですよ。だって、その人とのつながりが終わってしまったときに、全てを失っちゃうってことじゃないですか。だから恋愛にかぎらず、何か一つだけのものやことに、全てを託して、「これで大丈夫」って、僕はしないですね。

加藤　じゃあ、恋愛もしないと。

古市　長く続くことはあんまりないですね。

加藤　あ、そうですか。

古市　でも、仕事が忙しいと、ぶっちゃけ恋愛は時間の無駄とかって思っちゃいませんか?

加藤　思います。ただ、じゃあ、奥さん、家庭、それも要らないとは思わない。思えない。

古市　僕は、べつに要らないと思っている。うーん、加藤さんと何が違うんだろう……。

加藤　自由、自立を求めるという意味では、僕ら、一緒ですよ。ただ、家庭とかに関しては、古市さんはクール。あ、否定してるわけじゃなくて。

古市　要は、僕は今のところ、誰かを必要としてないのかもしれない。

加藤　あるいは僕のほうが子供なのかもしれない。子供みたいに感情的なところがある。単身、海外でやってきていて、結構寂しくなってるのかも。

古市　でも、人と人の恋愛関係ってのは、感情がないと成立しないものだから、僕は感情が欠けているのかもしれない。

哲学的ゾンビという言葉があるんです。他人から見たら、一見、ちゃんと会話をしているように見えるんだけど、実はプログラムに駆動されて、ゾンビのように言葉を返してるだけの存在。僕、ゾンビなのかも知れないですね。もしくは恐がりなだけの人間かも知れませんけど。

第六章

日本と中国、どう見据えるべきか

日本は性善説過ぎますよ。
どうして
そんな国家になったのか
ただ、安全で
ハングリー精神がなくても生きていけるのは、
日本が暮らしやすい社会と
いうことでもある

加藤が一時帰国し、古市の仕事・生活エリアを訪問。

◆◆◆日中の圧倒的な違いは、人の多様性◆◆◆

古市　加藤さんは日本に帰国したとき、まず何を感じますか？

加藤　みんな同じ顔をしているな、と思いますね。

古市　同じ表情ということですか？

加藤　同じ顔をして、同じことを考えて、同じリズムで周りを気にして、みなさん、同じように忙しくしているなぁ、と。

古市　マイナスの意味で？

加藤　もちろん秩序とか、マナーという面ではすごく良くて、さすが日本、成熟しています。日中で圧倒的な違いを感じるのは、人の多様性です。中国の街中には、ほんとうにいろんな人がいて、鞄《かばん》の置き方から、座り方から、歩くスピードから、みんなそれぞれです。日本はそれらが同じなので、まったく異なる国だなと思うわけですよ。例えば、朝八時、新橋駅の地下を歩いていると、みんな同じ速度で、同じ表情で、同じコンディショニングで歩いている。足音しか聞こえてこない。あの光景を見たとき、背筋がぞっとしましたね。色んな意味で。

古市　中国はどうですか。出身地や階級によって、まるで顔が違いますか？

加藤　全然、違う。いろんな格差が錯綜している。一方で、日本はすごく整っている。でも、それは中国と比べたらであって、日本は日本でバラバラになってきていますかね。どう思いますか？

古市　そうだと思いますよ。昼間のオフィス街やショッピングモール。確かにみんな同じような服を着て、同じような表情で歩いていますよね。だけど、実は出身階層や、持っている知識は全然違う。みんな、そこそこ小綺麗な格好をしているから気付かないだけで、実際には日本にも歴然とした格差はある。もちろん中国から見たらだいぶ均質でしょうけど。

加藤　うん、なるほど、そうか。

◆◆◆なぜ日本は性善説なのか◆◆◆

加藤　あと、日本は安全な国だと言われる。だけど、それはセキュリティチェックが甘くても成り立っている社会ともいえる。ある意味すごいけれど、べつの意味では恐ろしいなと思うところがある。

古市　そうですね。省庁でも、警備員を入札で毎年入れ替えちゃうから、危ない人とかの情報があまり蓄積されていないという話を聞きました。

加藤　それは問題です。中国ではありえない。

中国は性悪説の社会で、基本的に他人を信用しない。だからこそ社会に緊張感やダイナミズムが生まれるのだと現場で感じてきた。対して、日本は基本的に性善説。ゆえに、ね。

古市　まあ、緊張感はあまりないですね。

加藤　感じないですね。淡々と、当たり前に社会が動いている感じです。

古市　日本ほど国民を扱いやすい国は、なかなかないと思っています。宗教も同じですが、いちばん管理しやすい信者は、熱心にその宗教について考える人ではなくて、ただ黙ってお布施を納めてくれる人。そういう人の多い教団がもっとも運営しやすい。熱心な信者は「この教団はこういう方向に行ったほうがいい」とか、「いまの教理は教典から考えるとおかしい」とか、面倒くさいことをいってきますからね。

日本という国は、管理しやすい宗教と似ている。ほんとうにみんな、文句をいわない。いや、いちおう、文句はいうけれども、税金や年金を払わないわけじゃない。普通に税金を払ってくれる人がこんなにもたくさんいる国は、運営者にとって管理しやすいですよね。

加藤　おっしゃるとおりで、日本は性善説過ぎますよ。性悪説の中国では、拝金主義と相互不信が前提です。マネーを得るのにあたって得た情報の信頼性を確かめるために、相手の言っているとの裏を取る。裏を取るために喫茶店で会談し、そのあと料理店でバカ食いして、またそこでもマネーが動く。そうやって経済発展している面もある。だから性悪説も、意外に大事なんですよ。

日本を外から見ていると、不思議に思うことがありますね。初対面の人から名刺をもらう。肩書が書いてある。この人はどこそこ会社のなになに部長さんなのだと認識する。でも、中国の人だったら、「この名刺ほんとか？」と疑って当たり前なんですよ。名刺だけで信用するのは日本ぐらいじゃないかなあ。名刺社会ニッポン。

古市　名刺って本当は何の証拠にもならないのにね。どんな名刺も偽物を作るのは簡単だし、企業側も外部のコンサルタントに適当な肩書きで名刺を持たせたりもする。

特にアメリカから日本に帰ってくると、不思議な気分になります。喧嘩《けんか》をしなくていい、自己主張がいらない、無言で生きていける。

加藤　ああ、古市さんもそうですか。

古市　ただ、安全でハングリー精神がなくても生きていけるのは、日本が暮らしやすい社会ということでもある。だから一概に性善説の社会が悪いとは思いませんけどね。

加藤　どうしてそんな国家になったのか。

古市　一つは**高度成長期以降、みんながとくに何も考えなくてもやっていける社会ができあがってしまったからでしょうね。**特に日本は戦争に負けたため、経済後進国になった。だから先進国の成功例や失敗例を見てから、どのような産業を重点的に育成するかを決めればよかった。最近では戦後復興には世界銀行の融資の果たした役割が大きかったといわれています。どちらにせよ、社会の向かう方向がはっきりしていたから、トップが全部指導して、後の人は「兵隊」として、大したことを考えずに、言われるがままに働けばよかったんです。

加藤　民間企業も官僚の兵隊だった。

古市　という側面もあったし、大企業も一つの軍隊みたいなものでした。東京電力や旧国鉄が象徴的ですよね。一部のエリートが考えたプランを、兵隊たちは黙々と実行すればよかった。軍隊みたいなピラミッド型組織というのは、世の中の向かう先がはっきりしている時代には非常に効率的に動きます。

でも、一九九〇年代以降、そんな仕組みが通用しなくなる機会が増えてきました。社会の向かう方向も、かつてのように一方向ではない。官僚が重点産業をコントロールすることもできない。トップの決定を待っている間に、現場の状況は刻々と変わってしまう。だけど、現場は判断する権限も勇気も持てない。福知山線の脱線事故や原発事故への対応が象徴的だと思います。

◆◆◆ガラパゴス現象で一番問題なのは、人材◆◆◆

加藤　産業の空洞化がだいぶ前から言われているじゃないですか。東日本大震災の後はそういった議論がさらに加速している。日本の製造業は海外に移転し、生産だけじゃなくて、現地でモノを売り始めて久しい。この傾向がより進めば、雇用の面でも、税収の面でも、日本はもっと空洞化していく。日本人はそれでもいいと思っているかもしれないけど。

そこで、これからの日本は研究開発などの頭脳的な部分を国内に残し、あとは新たな産業を創造して、内需を増やしていくべきだと議論されている。また、外に売りこむものは、さすが日本と言われるようなサービス業ではないかとも論じられています。古市さんは、こういった一般論をどう思っていますか？

古市　日本企業にしか作れないプロダクツもありますし、すぐに製造業が消えてしまうわけではないとは思います。また厚生労働省の研究会は、この先も「製造業一〇〇〇万人」の日本が維持されるべきという報告書を発表しています。

だけど、製造業を中心とした工業化社会が終わりを迎えるというのは、先進国で共通して起こっている現象。そもそも日本が「ものづくりの国」でいられたのは、冷戦の影響が大きかったですよね。中国は東側陣営で、世界市場には参入していませんでした。韓国や東南アジアは冷戦期によく見られた親米独裁政権で、政情が不安定だった。つまり、日本以外に取るに足る「世界の工場」がなかったんです。

だから、どう頑張ってももう「昭和の日本」には戻れない。

今と世界の状況がまるで違うんです。工業製品を輸出する感覚で、日本のサービス業を輸出すればいいという人がいますよね。ナンセンスだと思います。日本のサービス業は過剰すぎたり、特殊だったりして、そのまま海外に輸出して成功するとは思えない。

例えば成田空港のバゲッジクレイムでは、係員のおじさんが機内から出てくる荷物を、一つ一つ丁寧にベルトに載せている。だけど傷ついてもいいスーツケースを、そんな貴重品みたいに扱って、いったい誰が得をするのか。

加藤　ガラパゴス。

古市　ホテルにしても、お店にしても、すごく丁寧だけど、それを果たして世界中の人が求めているのか。

加藤　求めていない。うん。

古市　チップもないのに、日本のサービス業の人たちは、なんでこんなに頑張るんだろうなと思います。それが過労死や身体を壊す一つの原因にもなっている。日本のサービス業を輸出するとしたら、一緒に過労死まで輸出するつもりなんですかね。社会学者の山田昌弘さんが「日本は消費者としては天国、労働者には地獄」と言っています。僕も同感です。

ただ、日本の特殊性というのは、ほぼ日本語だけで社会が回ってるということ。つまり、外国人労働者が入ってきにくい。しかも女性と若者を安い労働力として使うことで、移民に頼らなくても社会が成り立ってしまっている。だから、国内産業はすぐに空洞化するわけではなく、しばらくの間は、日本語圏というドメスティックなマーケットが続いていくんだろうなとは思います。まあ、先がない、老いていく社会ではありますが。

加藤　僕は、ガラパゴス現象で一番問題なのは、携帯電話ではなく、人材だと思うんですよ。**つまり日本で通用する人間が、なぜか世界では通用しない。世界で通用する人間が、なぜか日本だけでは通用しない。**この現象、すごく顕著ですよ。中国人、アメリカ人、インド人、あいった弱肉強食・ゼロサムバンザイみたいな社会で通用している人間が、「日本では空気読めと言われて、わからない」と言っています。だからガラパゴス現象は、電化製品だけじゃなくて人材で。

古市　そうでしょうね。

加藤　それをどう思います？　べつにいいじゃん？

古市　やっぱり日本には、大きな国内市場がある。日本の人口は世界で第一〇位。イギリスやイタリアの二倍もの人口を抱えています。格差が開きつつあるとはいえ、まだ多くの人が中流。アジアの基準でいえば富裕層です。

「これからはアジアの富裕層を狙え」なんて騒いでいる人がいます。新興国における富裕層の定義は、だいたい世帯年間可処分所得が三五〇〇〇ドルを超える層。年収三〇〇万円弱ですね。そういった「富裕層」は日本には約九〇〇〇万人いますが、日本をのぞくアジア全体ではわずか六〇〇〇万人しかいない。今の日本はマーケットとして非常に魅力的なことがわかると思います。

中国だとモノを売るにしても、省ごとにがらっと方針を変えないといけないと思うのですが、日本ではそんなことはない。中国から比べたら、恐ろしいほどに均質な集団。だから、日本人や日本企業は、日本社会に甘えて海外に出て行かなくても済んでいた。それが、いいとか悪いとかじゃなくて、出ていく必要がなかった。

加藤　ただ、そのままでいいのか。

古市　もちろん、これから人口がどんどん減少していく。ただ減少するならいいけど、現役世代がどんどん減っていく。誰もガラパゴスのままでやっていけるとは思っていない。思っていないけれども、今があまりにも恵まれていて、潤沢なマーケットがあるから、ガラパゴスにならざるを得ないんじゃないですか。

加藤　なるほどね。日本語人口は中途半端に多い。それは日本の歴史や風土に由来する問題で、我々が是非を問う問題ではない。そう思う。しかし、これからも日本人として生きていく一人である僕は、そこにどうアプローチしていくべきかをすごく考えます。中国に行って、外から日本を見るようになって、考えるようになった。

古市さんはノルウェーに留学してどうだった？

古市　ノルウェーも基本的に日本と同じで、拝金主義や相互不信はあまりない社会。のんびりとした田舎でしたね。ただ、国の人口が五〇〇万足らずで、地方自治体単位だと一つが何万人って規模だから、村意識のようなものをみんなが持ちやすい。その意識を通じて、国家というものを家のように捉えている。

加藤　日本は全然違いますよね。日本人って、国家というと警戒するじゃないですか。

古市　警戒するけれども、誰もリアリティを持てていないのかも知れない。それこそ政治家でさえも国家というものが、実は何かわかっていないのかもしれない。特に最近の政治家には、自分がれっきとした権力者側にいる、ということを意識していない人も多いと思います。

加藤　そうですね。古市さん自身は、ノルウェー留学で何が変わりましたか？

古市　たぶん僕はあまり変わっていないと思います。留学して、すごく日本大好きになって帰ってくるってよくあるパターンですよね。「日本文化の素晴らしさに目覚めた」とか。僕はそういうのはなかったですね。逆に帰国したとき、日本社会にうまく馴染《なじ》めなかったことはあったかな。

加藤　それ、なんですか。

古市　例えば、携帯電話がなかなか選べなくて困りました。どういうことかと言うと、ノルウェーは買い物がまったく楽しくない国。牛乳もほぼ一種類しかない。半分社会主義みたいなものなので、国家が乳製品までをコントロールしている。だからモノがあまり選べない。それで日本に帰ってきてみたら、膨大にモノが選べるわけですよ。携帯電話にしても細かな機能の差だけど、ほんとうにいろんな機種がある。だけど別にどれでもいいやと思ったんです。どれでも電話できて、メールできるんでしょ、って。

◆◆◆ 普遍理論があるとしたら、ただの妄想 ◆◆◆

古市　それに対して、中国って全貌が見えない国ですよね。

加藤　そもそも全貌なんてないんですよ、中国には。

古市　そうか。確かに上海ですら全貌が見えない。

加藤　そう。全貌というふうに見て、「中国とは」「中国人とは」「上海は」とか議論をすること自体が間違っている。現実的ではない。だから、「中国人論」はやめましょうと、僕は言ってきた。最近は拙著などでも、日本人がより客観的に中国を理解し、よりリーズナブルに中国人とつき合う方法として「脱・中国論」を提唱しています。

自分自身の見聞をもとに、ジグソーパズルのピースを一つずつ埋めていくようなイメージで、点から理解していく。結果的に自分の中で、なんとな〜くね、「あ、中国って、こうなんだな」という中国観が出来上がればいいと思うんです。

古市　そうですね。もちろん、思考の補助線として「中国とは」「中国人とは」みたいな議論はあってもいいと思うんです。この本でもそういう話をたくさんしてきました。だけど、僕たちが実際に出会うのは、抽象的な「中国」や「中国人」ではなくて、個別具体的な出来事だったり、固有名のある中国人の誰かだったりする訳ですからね。

普遍理論やゴールデンルールなんて、ほんとうはどこを探しても見つからない。あるとしたら、それはただの妄想です。あらかじめ全体を志向するのではなくて、一つ一つの個別の点をつなぎながら、なんとか全貌らしきものを想像する。それは最近の社会科学の風潮の一つです。

でも、日本にいると、ついつい全貌が見えると思ってしまいがちですよね。海に囲まれた島国で、一億総中流だって意識がまだまだ残っているから、「日本人」や「日本」というものを語りたくなってしまう。僕自身もそうです。

加藤　東京だって全貌は見えないですよね。

古市　青梅市とか、西東京市とか……。

加藤　点で見るとなんだろう、東京の特徴は？

古市　例えばランチが五〇〇円から千数百円の間で、そこそこのものが食べられるとか？　まあ、日本の大都市はどこでもそうですね。一方でヨーロッパだとちゃんとしたレストランか、ファストフードはあるけれど真ん中が少ない。

加藤　上海だと、半径一〇〇メートル以内に一〇〇円で食べられる店があって、一方で一万円の店もあります。一〇〇メートル以内に一〇〇倍の格差。まさにいまの中国社会、すくなくともその一部を象徴しています。日本って、そこまでの開きはないですよね。

古市　真ん中ぐらいに集中しているのが日本の都市の特徴ですね。日本でも地方に行くと、客単価の高い高級店と、格安のチェーン店しかなかったりする。

加藤　日本、特に東京の場合、店の価格競争が非常に激しいですよね。ハンバーガーチェーンにしても、価格を一〇円下げるかどうかで、すごく商品研究をしていると思うんですよ。その結果、みんなに選択肢がたくさんある。しかも五〇〇円でけっこうおいしい。外れも少ない。そう考えると、東京はパーフェクトに近い都市社会なのかな、と最近は思いますね。安全安心で、考えなくても楽しめる。

古市　いやあ、今の東京は本当に暮らしやすい街だと思います。何も考えなくても楽しめる。油断しっぱなしでも生きていける。お金をかけなくても、友達がいればそこそこ楽しい。ただ、それは期間限定の話ですよね。

東京に限らず、日本の三十年後を考えると、結構絶望的です。納税者である現役人口は減っていくのに、高齢者は増えていくから社会保障費がどんどん膨らんでいく。今の日本の社会保障制度は高度成長期にベースが作られました。当時は今と違って若者がとても多かった時代。つまり今の制度は、若者に頼りすぎの仕組みなんです。こんな仕組みが持続可能なはずはない。だけど、すぐに仕組みを変えられるほど、この国に小回りは利かない。そうこうしている間に、企業はどんどん日本を離れていく。

これからは日本も中国のように、拝金主義と相互不信の跋扈《ばっこ》する社会になる可能性は大いにあります。そして階級というものも、ぐっと前景化してくるでしょうね。じわじわとそうなっていくと思います。

◆◆◆現代の日本と戦前の日本の、共通点と相違点◆◆◆

加藤　そういう未来に対する不安が、強いリーダーを待望させているところはないですか？

古市　どうかなあ。

加藤　中国の人たちだけじゃなくて、海外のさまざまな国の人たちがよく言うんですけど、やっぱり日本って前科があるじゃないですか。

古市　前科？

加藤　前科。戦前の軍国主義ですよ。一部の人間がガアーッと世論を誘導して、それに対して知識人も含めてノーを言わなかった過去がある。これからもカリスマ性を持った人や組織が急に現われて、大衆を間違った方向に誘導するんじゃないか。そのときに、知識人や一般国民はまたノーと言えないんじゃないか。歴史は繰り返されるんじゃないか。そこを危惧する議論が国際社会ではあるんですよ。中国人だけじゃないですよ。欧米の知人・友人も同じようなことを危惧していた。こういう日本警戒論を世界の情報もカネもヒトもモノもがんがん集まってくる北京でしばしば耳にする。日本人には危ない特性がある、と。

古市　躍らされやすい国民ってこと？

加藤　そう、躍らされやすい。例えば、大阪の橋下さんでもいい。彼の主義主張がどうかという問題は横に置いておいて、そういった人たちが出てきた場合に、ポピュリスティック（大衆迎合主義的）な主張にガアーッとついていっちゃう。そうした国民性がある日本に警告を鳴らす人たちが、海外にはたくさんいるんです。しかも、最近ではこの傾向が強くなっている気もする。どう思いますか？

古市　その見方は、半分正しくて、半分間違っていると思います。戦前と戦後で日本社会の構造が大きく変わっていないのはその通りです。官僚制の逆機能といいますが、本来は合理的で効率的なはずの官僚機能の弊害が、ここぞという時に発揮されてしまう。

戦時中は、日本の勝利という目的を共有しているはずの海軍と陸軍が喧嘩をしていた。グランドデザインがなくて場当たり的。部分最適は得意なのに、「それを何のためにするのか」という視点が置き去りになりやすいんです。

そのような官僚機構の、ダメな部分といい部分はそのまま戦後日本社会に受け継がれていきます。それまでの戦争遂行という目的を経済成長に置き換えたら、意外とうまくいってしまった。だから躍らされやすいっていうのは、戦時下の軍国主義時代だけの話というよりは、社会制度の話。そして、それは戦後も続いていたと思います。

加藤　今の日本も外交の前、内交の段階で壁にぶち当たってますよね。領土紛争にしても、TPPについても、外務省と財務省、農水省と経産省、もう省庁間の利害闘争がバチバチある。省庁も利害の異なる集団なのだから、対立があって当然なんですけど、国民からするとイライラする。外からするともっとイライラする。「日本は何がしたいのかがわからない。大国なんだからもっとしっかりしてほしい」というフラストレーションが国際社会には充満していますね。

古市　そういう時には、既存の制度を全部壊してくれるようなカリスマが求められますよね。ただそれは日本人の国民性というよりは、世界のどこでも起こることだと思います。トクヴィルも言っていますが、そうしたカリスマはたいてい「国民の意思」という言葉を乱用します。不安な時代には、メシアが求められる。社会の何もかもを変えるような出来事が求められる。

だけど、日本で戦争が起こった時と、今とで大きく違う点があると思います。それは、お祭りがおきても、長続きしないこと。

加藤　お祭りは続き得ないと？

古市　今の日本には、あまりにもたくさんのガス抜き装置があるので。

加藤　ＡＫＢとか。

古市　とか、ね。べつにＡＫＢでもいいし、橋下徹でもいい。ツイッターで社会派ぶってもいいし、デモに行ってもいい。ナショナリズム以外のお祭りはたくさんある。エンターテイメントは数え切れないくらいある。そんな中で、一つのお祭りだけが続くとは考えにくい。せいぜい、ワールドカップやオリンピックみたいに、数週間盛り上がって終わりじゃないですか。領土問題レベルでも、せいぜい三カ月くらい。ドラマの一クールと一緒ですね。

加藤　なるほどね。

古市　最悪の事例として挙げるとしたら、たぶんオウム真理教。あの程度の規模のグループがテロを起こすことは、これからもあるかもしれない。だけど、日本国民がひとつになって、一個人に陶酔してしまうなんてことは、たぶんないと思う。

◆◆◆ 日本の首相がころころ替わる現象をどう見るか ◆◆◆

加藤　日本の総理大臣が、ころころ替わっている現象についてはどうですか。これも海外ではよく議論されています。国内でどう見ていますか？

古市　まあ、べつに誰でもいいんじゃないですか。

加藤　この問題について僕は、日本のトップとされているような学者や経営者、政治家などにたびたび質問しているんですが、一回も「なるほど」と言える回答をいただいていない。だから、古市さんには、ぜひお答えいただきたい。

古市　え、何を？

加藤　いや、今から質問するんです。日本ではそのころころ替わる総理大臣を、間接民主制とはいえ、いちおう国民が自分たちで選んでいることになっているじゃないですか。でも、その政治家を、大衆はバカだと言いますよね。自分たちで選んでおいてバカ呼ばわり。理論的には、自分はバカですって主張しているようなものですよね。まあ日本人はそれでもいいんでしょうけど。頭が良かったり、優秀だってことをアピールすることで生きていけないですから、日本の社会は。バカなふりをしていたほうが安泰なのかもしれない。
まあそれは別として、一方の中国では胡錦濤さん、温家宝さん、彼ら民主的に選ばれてないわけですよ。人民も勝手に被統治者になっているわけですよ。もちろん実力主義が背景にありますが、勝手に統治者になっているわけでですよ。人民も勝手に被統治者に甘んじている。**にもかかわらず、胡錦濤さんのことをバカ呼ばわりする人はほとんどいない。政策批判はあるけど、本人をバカというのはない。少なくとも僕は聞いたことがない。**

古市　それは怖いからじゃなくて？　食卓でも言わない？

加藤　食卓でも言わないですよ。まずは、「だったらお前がやれ‼」って話ですよね。自分ができないのにバカ呼ばわりするな、というのは常識だと思います。あとは、中国は国全体が上向きだという時代的な背景がある。生活が一日一日よくなっているわけだから、いろんな矛盾を抱えつつもね。社会主義だから洗脳されてるとか、そういった時代遅れな議論は不毛ですね。
問題なのは日本のほうですね。自分で選んでおいて、バカ呼ばわりして、ころころ替わって、だけど社会は何も変わっていないように見える。もちろん、首相はころころ変わっても日本の国民生活は変わらない、そういう意味で日本の政治は安定している、と中国では主張してきましたけど。社会学者的な視点ではどうですか？

古市　社会学者的かどうかはわからないんですけど、日本では「政治の時代」が終わってしまったんじゃないですか。

加藤　政治の時代じゃない？

古市　例えば百年前は、国境線がどこか、どのような国と軍事同盟を組むかということが国家の命運を左右した「軍事の時代」だった。当然、軍事的な事項を決める政治も非常に大事だった。そして戦争が終わった後、五十年くらい前は、「政治の時代」だった。

加藤　五十年前って、一九六〇年ぐらい。

古市　冷戦体制下、日本がアメリカ側につくのか、ソ連側につくのか、日米安保をどうするのかという政治決定が、国家の命運を左右するような一大事でした。だけど、今はもうそんな時代ではない。社会を動かしているのは、政治だけではありません。グローバル企業やNGO、テロリストなど様々なアクターが登場する中で、国家はその中の一登場人物に過ぎない。例えばアップルと日本国政府を比べた時に、世界から見てどっちのほうがインパクトが大きいかと言われたらわからない。

加藤　いや、言うまでもなくアップルです。

古市　日本国首相とレディー・ガガだったら、レディー・ガガっていう人も多いでしょうね。政治にできることって、だいぶ小さくなっていると思うんです。だから総理大臣がころころ替わるということは、特に大した問題ではない。だから、バカ呼ばわりというよりは、みんなそこまで大した興味がないんじゃないですか。本当にバカだと思って、このままじゃやばいと思ったら、今頃国会は何十回も爆破されてないと。

加藤　古市さんがおっしゃるような脱政治の時代。政治がどうあれ、我々の生活は変わらない。ほんとうにそうなら、個人レベルでは幸せなことかもしれない。

それと似たことは、中国でも地域によって起きている。僕が直接つき合ってきた北京大や復旦大の学生あたりは、もう日本の大学生に近いです。いい意味でも悪い意味でもニヒリズム。政治から距離を置けるっていうのは一つの実力だから、これは一種の豊かさかもしれないです。

ただ長期的に、マクロ的に、もっと言えば世界的に見たら、どうですか。やっぱり世界の人たちは、日本は顔が見えないと言っていますよ。日本はたしかにアジアで最初に先進国になった国で、いまでも世界第三位の経済大国である。にもかかわらず、顔が見えない。立ち位置や未来展望が見えてこないということです。繰り返しますけど、外の社会は間違いなくそこを不可解に思っている。日本は間違いなくそこから損をしているんですよ。

古市　それは逆かもしれない。世界第三位の経済大国だからこそ、大きくて顔が見えないのかもしれない。

加藤　でも、世界第一の経済大国であるアメリカは顔が見えますよね。世界第二の経済大国である中国も、いろんな意味で顔が明確に見える。

古市　アメリカはブランディングが上手ですよね。大統領というアイコンを国家として作っている。

日米の首脳会談をやりますよね。そこに立ち会った官僚の方に聞いたのですが、アメリカ側の準備で一番時間をかけるのは、ＳＰの配置決めと、どこで写真を撮るかということらしいです。アメリカの顔である大統領をどう写真に残すかということは、国家のブランドイメージに関わってくる。

だから、写真撮影が命を守ることと同じくらい大切になる。なので、顔が見えるというよりは、見せられる顔を国家を挙げて作っているんじゃないですか。

加藤　しかし、アメリカの大統領には実権も伴っている。

古市　制度的にそうですね。日本の首相にはカリスマ性も必要ないし、アメリカ大統領ほどの実権もない。だけど社会が成熟しているので、それでもべつに困らない。ただ、日本が豊かではなくなった時、再び政治の時代が来る可能性はあると思います。

もしくはアメリカの政治学者イアン・ブレマーのいう「国家資本主義」が台頭してくる可能性もあります。まさに中国がそうですが、政府の管理下にある企業が世界経済の中で活躍している。こうした国家主導の資本主義という形で政治の重要性が一時的には認識されるのかもしれません。それは国家さえも市場の一エージェントになるということですが。

◆◆◆国のリーダーの条件◆◆◆

加藤　僕はね、日本にもリーダーが必要だと思っていますね。

古市　そうですか。リーダーにはどんな条件が要ると思いますか？

加藤　まず、ルックス、特に個としてのオーラですね。これ、大事ですよ。ドジョウで外交はできないから。

古市　ドジョウではダメなんだ。まあ確かに一流のスタイリストとヘアメイクくらいはつけて欲しいですよね。そういうことにもっと税金使って欲しい。

加藤「あんた誰？」となっちゃいますから。あとは、スピーチ力、プレゼン能力ですね。そこには一種のオーラが必要。語学力もほしい。もちろん、日本人としての立ち位置をしっかり自覚していて、外の価値観も理解しているといった、バランス感覚のあることが前提で。

古市　今の加藤さんの話でおもしろいなと思ったのは、リーダーの要件っていうのが、いわゆる政治能力ではないってこと。ルックスが最初に来たり。

加藤　バランス感覚も政治力です。

古市　そうだけど、それもなんだか芸能人の話みたいですよね。その認識は正しいと思います。政治家は芸能人化せざるを得ない。

加藤　政治はある意味アウトプットだから。インプット重視で動いているのは役人。じゃあ、なんで役割分担するんですかって、それは顔が要るからですよ。スピーチ原稿は役人が書く。それをどう言うか、どう表すかは国民によって選ばれた政治家の役割。国民は政治家が自らの信念に基づいて自己主張する権限を、選挙を通じて委託している。

古市　加藤さんは、そうした政治家の要件をいろいろと持ってるように思うんですけど。

加藤　いやいやいや。

古市　政治家になろうとか、思わないんですか。

加藤　選択肢として排除はしないですね。

古市　国会答弁じゃないんだから……。

加藤　すいません、官僚みたいな言い方して（笑）。

古市　でもまあ、国会議員だけが国のリーダーという訳でもないですからね。これからは、小さなリーダーがあちこちで生まれてくると思います。虚構としてのカリスマは作れるかも知れないけど、利害がバラバラの一億三〇〇〇万人の人々を、たった一人のリーダーが束ねるなんて無理がある。一億三〇〇〇万人を同時に幸せにすることはできない。だけど、**自分のまわりの一〇〇人、一〇〇〇人を幸せにすることは結構誰でもできると思うんです**。そういう、小さなリーダーが少しずつ増えていけば、結果的にこの国も良くなっていくんじゃないですか。

加藤　すでに生まれてきていますよ。

古市　うん。必要は発明の母といいますよね。必要な場所に、現にリーダーは生まれている。震災後の東北とかまさにそう。だから、リーダーの登場をわざわざ期待する必要はないのかなと思います。

上海路上トーク④

アカデミックポスト

北京大学の修士論文のテーマ

古市　北京大学の修士論文のテーマは何だったんですか？

加藤　テーマは、ネットナショナリズム。具体的には、『中国のネットナショナリズムが中国の対日外交政策決定過程に及ぼす影響』です。

古市　じゃあ、実際に、政府関係者にインタビューをしたんですか。

加藤　そうそう、政策立案者に直接インタビューをした。人脈がないとできなかった。

古市　加藤さん以外、あんまり書けない論文ですね。

加藤　そうかもしれないですね。当時は、そもそもネットナショナリズムという、それ自体が学問の対象として見なされていなかった。しかも、それが影響を及ぼす中国の政策過程なんていうのは、これ、もう不透明だから、学術的な研究が不可能だった。

古市　公開情報がとても少なそうですね。

加藤　だから、僕は比較的世論の影響を受けやすい省庁の政策決定者にガンガン、インタビューをかけて、彼らの供述をもとに、ケーススタディを通じて論証しました。尖閣とか、毒入り餃子とか。最初は先生方も、「こんなのは学術論文として成り立たない」って批判されたんですけど、実際にしあげた僕の論文を見たら、「いや、非常に良かった」と。今後学術研究として成り立っていくかは別として、評価してもらえてよかったです。取り組んだ甲斐がありました。今後もこのテーマはフォローアップしていきますよ。

◆◆◆東大教授同士のネチネチしたいやがらせ◆◆◆

古市　その論文は、中国ではパブリッシュされたんですか？

加藤　もちろん。基本的に自分が書いたものはパブリックに出版されなければいけないと思っているから。

古市　へぇ、意外と自由なんですね。

加藤　もちろん、媒体によって修正や削除は逃れられませんけどね。中国は実力主義社会だから、独力で勝負したい人にとっては天国ですよ。嫉妬もされない。成功すると持ち上げられるだけ。

古市　嫉妬されないんだ？

加藤　嫉妬しない。嫉妬文化がない。

古市　そのぶん、たかられたりはしませんか？

加藤　それはある。ガンガンたかってくる（笑）。でも、それをどう処理するかも自分次第。

古市　基本的に、ストレートなんですね。全部、真正面から。

加藤　そう、ストレートなんですよ。だから、いじめという文化も聞いたことない。かわりに、取っ組み合いの喧嘩がある。北京大付近の大衆食堂で、近くに座っていた男二人組が互いの意見が合わず喧嘩を始め、挙句の果てに、ビール瓶を持って喧嘩をし始めた。その瓶が僕の目の前まで飛んできて、危うく失明するかもしれないという局面に二回出くわした。

古市　物理的な喧嘩はあるけど、精神的なネチネチとかはあんまりない。

加藤　ネチネチない。もっとあからさまにやる（笑）。日本みたいに、下駄箱にザリガニを入れたりしないです。子供の世界でもそういう陰湿なやり方はしない。

古市　東大教授たちの世界でも昔はいじめがあったと聞きました。郵便物を隠されたりとか、そういう子供じみてるけど、陰湿な嫌がらせ。

加藤　えー？

古市　一応、日本の最高学府なのに……。

加藤　それはそれは（笑）。

古市　ほんとうに、くだらないですよね。

加藤　ですね。

古市　あと日本の大学教員は、みんな会議や事務処理に忙殺されていますね。

加藤　それも中国の大学ではない。政府系シンクタンクの社会科学院でも、会議は一週間に一回。

古市　一回で済んでしまうんだ。

加藤　中国人、会議、嫌いだから。それに、会議でやっても決まらないから。みんな言いたいことを言い合うから。

古市　じゃあ、議題というか物事は、どうやって決まるんですか？

加藤　トップダウン。

古市　それだけですか。

加藤　あとは裏で駆け引き。根回し。

古市　それでみんな、納得するの？

加藤　納得してしまう。気張ってもしょうがないんだから。

古市　日本の大学で会議を繰り返すのって、それじゃ納得できないからだと思うんです。結果的には誰かに決めてほしいんだけども、勝手に決められるのも嫌。だから、名目として話し合って、いちおうの妥協点を探していく。

加藤　面倒くさいね。

古市　うん、結果的に、みんなが疲れ果て、たいして物事が進むわけでもなかったりする。もうこれでいいんじゃないのと、適当なアイディアが採用されたり。だけど、いいこともあるんです。誰も責任をとらなくていい。

加藤　トップダウンが可能なのは、学長や理事長に権力が集中している一部の大学ぐらいじゃないかな。地方の無名な小規模大学とか。

どっちにも長短はあるかもしれないですね。

◆◆◆ 中国の大学教員の給料 ◆◆◆

古市　中国の大学教員って、給料はいくらくらいなんですか？

加藤　中国の大学、教員の給料はすごく少ないですよ。教員になって間もない講師のころは三〇〇〇元ぐらい。

古市　日本円で六万円ちょっと。一カ月で？

加藤　うん。で、普通にやってくと、最終的に一万元に上がっていく感じ。

古市　すごく割に合わないような気がするけど。

加藤　そう。ただし、他の仕事もやる。大学の外で、常識の範囲内では何をやってもいいことが暗黙の了解になっている。固定収入以外の灰色収入が多いわけです。それでみんななんとか家計をやりくりしている。

古市　教授の肩書きを使って、いろんな副業をこなすってことですか？

加藤　肩書を使うというか、大学のポストから波及して、政府の政策アドバイザーをやったりとか、メディアに評論を書いたりとか、ふつうにみなさんやっていますよね。そのあたり、自由だから。あからさまなルールもない感じ。

中国では、一般の人が当たり前に複数の仕事を持っていますから。それと同じです。

古市　でも外国から来た教員はどうしたらいいんだろう。物価水準の高い欧米や日本から来た教員はその給料では満足できないだろうし、複数の仕事を持つのも難しそう。

加藤　そこは、大学の経営者がすごく苦労している。

古市　外国人教員が集まらない、ってこと？

加藤　分かれています、給料。

古市　外国人のほうが高いんですね。

加藤　うん。高い。外国人優遇政策というのは、改革開放以降、鄧小平が徹底してきました。当時は国を発展させるために外国の資本、人材、技術をガンガン引き込む必要があった。で、今、まだ必要がある。中国は市場がでかいから。まだまだ外国人優遇政策というのは変わらない。そこに人民の不満もぶつけられている。不公平だと。

古市　外国人と中国人、大学教員の給料って、どれぐらい違うの？

加藤　三倍くらいかなあ。上海近郊の某著名大学で外国人として採用されたアメリカ人は「中国人の給料の五倍もらっている」と言ってました。

古市　だいぶ違うんだ。

加藤　中国はメディアも実力主義。もう同期とか関係なく待遇に差がある。新聞社や出版社で、入社五年目の同期間における給料を調べると、一番貰ってない人と一番貰ってる人の差が、一〇倍以上だったりする。これ、僕も自分で調べたことあるんです。本当に一〇倍以上あった。日本じゃ、考えられないでしょ。

古市　ありえない。でも、どこで差をつけるんだろう。

加藤　どれだけ売れる本をつくったか。どれだけいい記事を書いたか。

古市　どれだけけって、評価はどうするの？

加藤　評価する人たちが組織内にいます。だけど、基準はわかりやすい。オピニオンを何本書いたか、いわゆるスクープ的なものを書いたか。本なら、何部売ったか。それだけです。ただ、大学は、ちょっと違うところがあります。ある意味体制の象徴だから、けっこう上下関係がしっかりしている。

古市　外国人優遇については極めてプラグマティック。だけど、大学全体がそういうわけではないんですね。

加藤　大学の先生は、やっぱり社会的に偉い。

古市　偉い？

加藤　アメリカだったら、ドクター同士、対等に「ハロー」とか、「トム」とか、呼び合うじゃないですか。中国にはそれ、あまりない。やっぱり何とか先生、「老師（ラオシー）」ですね。どの先生の下でやってきたか、そういった縦の関係が強く意識される。

もちろん日本みたいな教授同士のへんな気遣いとか、細かな年功序列とかはないですよ。そこまではないけれども、かつて先生と学生であった上下関係は、生涯続く感じです。

古市 それは大学という権威をみんなが信じているから？

加藤 やっぱ、大学教授は特殊な地位にあるよね。

古市 安月給だけど権力は握ってるぜ、みたいなことかな。

加藤 まあ、そんな感じだよね。

古市 だったら、日本の大学とは正反対だな。いや、日本は給与も減らされているし、地位も下がっているか。

第七章

「若さ」という武器

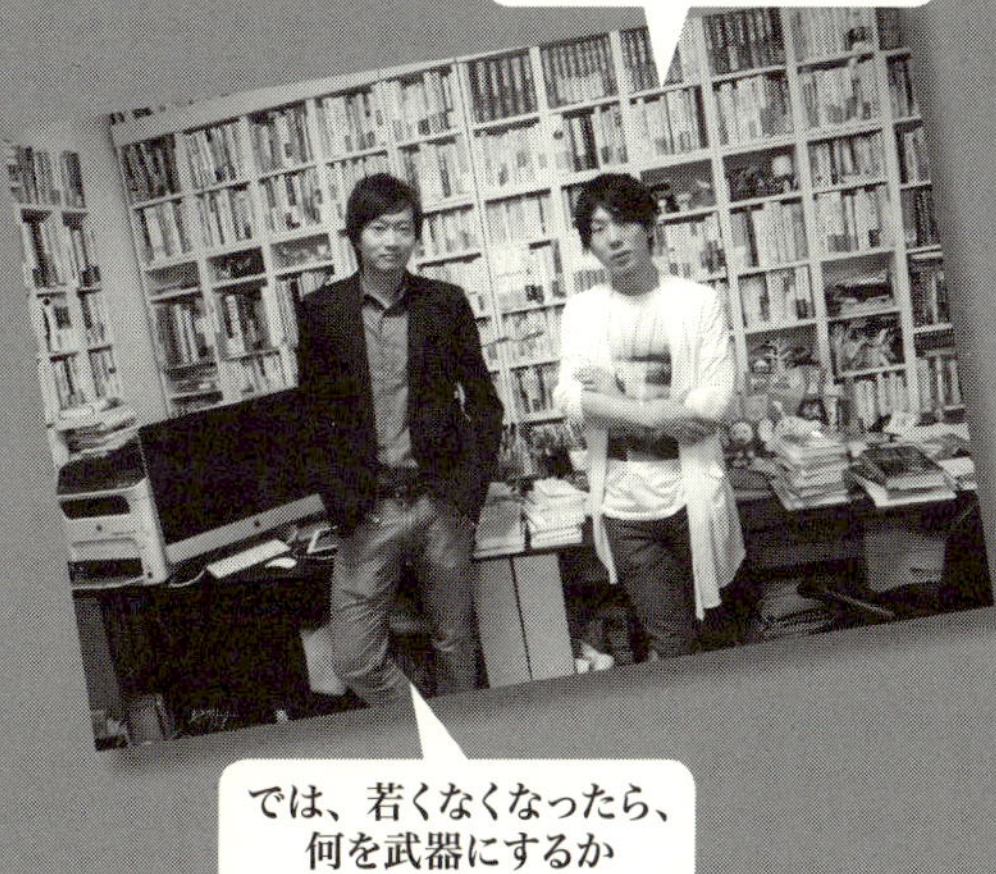
若いというだけで、
下駄を履かせてもらえる

古市の自宅にて

◆◆◆ 富裕層の家の子供は中国を脱出する ◆◆◆

古市　日本では若者が草食化しているみたいな議論が一時期流行しました。中国でも社会が成熟するにつれて「草食化」が話題になったりしますか。

加藤　そういった言葉自体ありません。言っても、ニュアンスが伝わらない。

古市　あれ？　向こうでも草食化が進んでいるみたいな話を、たまに聞くけど。

加藤　日本のポップカルチャーが中国に入ってくる過程で、そういうニュアンスも一緒に伝わってはいます。オタクとか。

古市「草食化」っていうのは「オタク」といった、カルチャーの議論になるわけか。

加藤　ポップカルチャーとしてあるけれども、中国人の考え方とか、中国人の行動パターン、思考回路に「草食化」が入りこんでいるわけではない。大学生などの若者相手に僕がそういう話をしても、反応しませんしね。

古市　日本ではすごく盛り上がりましたけどね。

加藤　この間も大学で、草食系とか、肉食系とか、最近の若者傾向とか、日本にはいろんな議論があるみたいで、と僕が話した。すると、ひとりの女子学生に、「そんなくだらないことに使っている余裕が、貴国にはあるんですか」と揶揄《やゆ》された。

古市　若者論やカルチャー論は「くだらない」って見なされるんですね。

加藤「それだけ豊かなんですね」とコメントされましたけど。その通りですね。

古市　確かに草食か肉食かなんて議論に需要があるのは、日本の豊かさの象徴ですね。ただ、中国でも一流大学に通っているような大学生には、日本と同等以上に豊かな若者も少なくないんじゃないですか？　特に沿岸部では新中間層が台頭してきている。

加藤　格差は激しいし、色んなところに色んな若者がいるけど、僕から見て、草食化みたいな現象が起きているとは思う。

古市　あ、起きてはいるんですか。どんな草食化？

加藤　ゲームばっかりやっていたりね。「オタク」という言葉は中国語で「宅男」と書いて、「ジャイナン」と発音するんだけど、とても普及している。僕はもっと外で身体を動かせ、と学生たちには言っている。

古市　加藤さんは、体育会系ですもんね。

加藤　いや、中国には体育会系という文化もないですね。そもそも、日本では重宝される文武両道という考え方すらない。もちろん、大学に体育会はあるけれども、体育会系とか、筋肉系とか、そんな分け方はしない。

古市　じゃあ、日本語で言う「草食系」という語感がしっくりくるような、あんまりがつがつしていない若者は確かに出現している。だけど、そういう人たちを指してメディアがあれこれ論じるのは、感覚としてわからないってこと？

加藤　そうかもしれないね。ただ、経済的に恵まれた家の子供たちは国内に留まるのではなく、中国から出ていく、って現象も起きています。

古市　留学ということですか？

加藤　留学もある。親が子供を中国にいさせたくないから。中国は荒れると思っているから。

古市　ん？

加藤　日本のメディアが好きな中国崩壊論ってやつですよ。中国の富裕層や高級官僚の中にもそう思っている人は多くて、彼らは自分のお子さん、奥さん、資産を海外に移しています。リスクヘッジの一環ですけど、それほど国内の現状に不満足なんですね。

古市「中国崩壊」ネタは、日本に限らず欧米のメディアも大好きですけど、中国人の中でもそう考えている人がいるってことですね。

加藤　統計によれば、**資産を一〇〇〇万元以上持っている人の六割以上が、すでに移民したか、**

移民を考えているとのことです。彼ら・彼女らが移民するのは、国内がカオス化するのを恐れているからです。

古市　移民ってだいぶ本気ですね。彼らはどこに移るつもりなんですか？

加藤　いろいろですが、多いのは、アメリカ、イギリス、カナダ、シンガポール、オーストラリア、香港。英語が使えるところがメイン。

古市　日本は選択肢に入ってない？

加藤　英語圏以外ではトップクラスじゃないですかね。あとはドイツとかもたまに聞くな。今、日本には中国人が七〇万人近くいますね。ただ、複数の在日中国人の話によれば、最近は中国の台頭ということで、帰化しないで、日本の永住権だけ取って、中国籍は保持する人も増えているようですね。そのほうがいろんな意味でリーズナブルだという話を、複数の在日中国人から聞いたことがある。

◆◆◆ニヒリズムが蔓延する「九〇后」◆◆◆

古市　日本でも「日本脱出」とか「キャピタルフライト」っていうキーワード自体は時々目にしますけど、移民を考えるほどの切迫感を持っている人はほぼいないですね。

冷静に考えてみて、今この瞬間に世界中のどこにでも移り住めるとして、あんまり候補がない。金融危機が続くヨーロッパ、想像を絶する格差社会のアメリカ、まだ成長途中の新興国。治安の良さ、教育水準の高さ、インフラの充実度を考えると、日本の大都市にまさる場所はなかなか思い浮かばない。

日本は今、おそらく歴史上最も豊かな時代だと思います。先行世代から受け継いだ恩恵を一番享受できている。もちろん、こんな豊かさが長くは続くとは思いませんけどね。例えばインフラだってどんどん朽ちていく訳だし。

加藤　今の段階では移民なんて考えないでしょ。香港とかシンガポールの永住権を持っている知り合いは何人かいるけど。移民を本気で考えている日本人に僕会ったことないんだけど。

古市　相続税対策で移住する人もいるけど、国を捨てるという感覚ではない。シンガポールに移住した富裕層の知り合いが何人かいますけど、退屈だと言っています。二〇一〇年の在留邦人の数は一一四万人、永住者は三八万人。日本国籍を離脱した人に限っては、わずか一八〇〇人。みんなちっとも日本を捨てていません。

中国で一〇〇〇万元といったら、日本円で一億二〇〇〇万円くらいですよね。日本でもそのくらいの金融資産を持っている人はたくさんいます。だけど、一億円を抱えて海外に移住するよりも、国内にいたほうが治安面でも生活面でも楽だし、メリットが大きい。
加藤　だから、中国の女子大生がコメントしていたように豊かだし、日本は均質的な社会なんですよ。安定している。
古市　格差社会なんて言われますけど、中国に比べたら全然ですからね。
加藤　海外に移すまでしなくても、中国でお金のある家庭の子育ては際立っている。相当気合いが入っている。僕は、二〇〇四年から二〇〇八年まで中国一の進学校と呼ばれる中国人民大学付属中学高等学校で日本語教師をやったことがあります。そこで目撃したのが、みんな送り迎え付きという光景。両親が黒塗りのクルマで、場合によっては公用車を使って子供を送迎していた。それと、進学校は幼稚園から高校まで、地価の非常に高いところに集まっているんですが、子供の教育を考えてその周辺に期間限定で移り住んでいる家庭も多いですね。
古市　日本でも文京区とか、教育水準の高い地区はありますけど、そこまでじゃない。中国のそんな風景は「階級」という言葉がしっくりきますね。
加藤　そう、階級。若者のタイプも、階級ごとにある。
古市　中国には「八〇后《バーリンホウ》」（一九八〇年代生まれ）という言葉がありますね。彼らは消費欲が旺盛みたいな話は、日本のビジネス誌でもよく目にしました。だけど、今までの話を聞いていると、そんな若者は階級が上のほうの人だけということになりますよね。八〇后に関する議論も、結局階級論の一種だったたんですかね。

加藤　階級論だし、現代社会論。「八〇后」は一人っ子政策とか、改革開放以降の消費社会とかを語る際に出てきたキーワードです。で、「八〇后」が流行ったから、「九〇后《ジューリンホウ》」「七〇后《チーリンホウ》」も派生的に出てきた。人々は日常的に「六〇后《リウリンホウ》」、「五〇后《ウーリンホウ》」など使うようになり、そして最近では「〇〇后《リンリンホウ》」といって、二〇〇〇年以降に生まれた世代を指す言葉すら使用されている。

古市　「八〇后」は、皮肉をこめて使われていたんですよね？

加藤　かなりの皮肉。一人っ子世代で責任感がない、自立心がない、わがままで自分勝手で、ってね。ただ、議論の展開が速くて、最近は、それって他の世代でもいえる現象だとされています。実際に、自立していない大人はたくさんいるしね。

古市　もっと若い「九〇后」、一九九〇年代生まれはどのように語られていますか。

加藤　クール。僕には、ニヒリズムが蔓延《まんえん》してきているようにも見える。

古市　自分勝手を通りこして、諦めちゃっているのかな。

加藤　僕が思うに、「八〇后」がそういうふうに揶揄された最初の世代です。その背景には、上の人たちが決めた一人っ子政策があった。豊かになった社会の負の象徴という側面もあった。そして、**「九〇后」は、ひとつ上の世代が大人たちからバッシングされているのを見て育ちました。だから、良くも悪くももっとクールになったわけです。**あいつらと同じ轍《てつ》は踏まないようにしよう、みたいにね。僕の経験上「九〇后」には生意気な子が多い。

古市　それって、日本の「ゆとり世代」と「さとり世代」の関係に似ているかもしれないな。

加藤　さとりの世代、って何ですか？

古市　ゆとり世代の次の世代、だいたい一九九〇年代生まれの若者たちを指して使われる言葉です。まるで悟ったかのごとく初めから社会から距離を置いている。ゆとり世代に対するバッシングも知っているから、大人たちともいい距離感を保とうとする。まあ乱暴な世代論なんで、同世代のどれくらいがそれに当てはまるかはわからない。だけど、若者の語り方として、八〇后と九〇后に対応しているようにも思えました。

加藤　なるほど。確かに対応しているね。

古市　ただ両者が完全にパラレルな存在というわけではない。今の中国は、日本の高度成長期のように、若者人口がすごく多いですよね。人口のボリュームがあるから、若者文化も生まれやすい。そして企業は彼らを消費者として見逃す訳にはいかない。

日本で若者文化が注目され、彼らが本格的に消費者として意識されるようになったのは一九七〇年前後です。ちょうど団塊の世代が二十歳を迎えた頃ですね。なので八〇后に対する語られ方は、日本の五十年前の若者論にも通じるところがある。

◆◆◆中国若者の気質の地域差◆◆◆

加藤　日中では時代背景が異なりますよ。それに、中国の場合は、地域差も大きくあります。北京は首都だし、何をするにも政治が絡んでくる。中央政府があるから。上海は言論的に保守的です。お金儲けをしたい人たちが集まっている都市なので、政治には極力タッチしたくないという面がある。逆に言論が比較的自由なのは広東省です。生活面でも、屋台で飯を食って、麻雀して、夜遊びして、と自由きままに暮らしています。人々が政治的自由を求める意欲もほかの都市と比べて強い。北京から遠いという事実も大きく関係していますが。

古市　その地域差は若者にも当てはまりますか。例えば大学生の生態も地域ごとに違うんですか。

加藤　ええ。北京大生は政治にとても敏感。政治の話をするのも好き。同じく北京市にある清華大学生もそう。上海の復旦大生がもっとも興味を示すのはマネー。ある意味、大都市のエリート学生ほど、政治に対して意識的に距離感を調整している感じをうけますね。トップ校の学生なら、政治や国家がどうなろうが、自分で将来を開ける力を持っていますから。

これがね、内陸部に入るとかなり変わる。**中部の武漢大学とか湖南大学とか重慶大学とかに行くと、みんなやたら政治の質問をしてくるんですよ。なぜかって言うと、やっぱり将来を自分の力で切り開く余地が少ないからですね。**政治いかん、国家いかんによって、例えば不動産価格が急上昇したり、中央政府が不動産購入抑制策を出したりすると、家が買えなくなったりする。ダイレクトに生活が左右されちゃう。だから、彼らは政治に熱い。政治が自らの生活とリンクしていることを、身をもって理解している。

古市　それじゃ、いまどきの若者、というふうに一言では括《くく》れませんね。

加藤　その通りです。ここでも「脱・中国論」です。

◆◆◆ 今後は日本社会でも階級が前景化する ◆◆◆

加藤　そこで、古市さんに逆に質問したいことがあります。

古市　はい。

加藤　若者論で注目を集めた方にこう言うのは失礼かもしれませんが、そもそも若者論をする必要がどこにあるのか。僕にはよくわからない。

古市　いや、本当その通りだと思います。

加藤　日本では、若者論ってそんなに盛んなのですか？

古市　世界的に見ても、かなり若者論が好きな国ではあると思います。書店に行って「若者論」みたいなコーナーがある国は日本くらいじゃないですか。海外の研究者と会うたびに、その人の国に若者論があるかを聞いているんですけど、一般向けの若者論みたいなものはほとんどないみたいですね。

加藤　古市さんは日本の若者論史を、『絶望の国の幸福な若者たち』の中でコンパクトにまとめています。拝読すると、若者論は何度もブームを繰り返していて、いまだに盛りあがったりしている。どうでもいいような議論だと思うんですが、なぜ終わらないんですか？

古市　一つは、階級や人種の問題ですね。日本という国は階級が見えにくい。人種もない。自分たちを「一億総中流」と思い込めるくらい、日本人を同質的な集団だと信じていた。だから、年齢で人を区切るしかない。

イギリスで若者の暴動が起これはそれは階級論として語られることが多いし、アメリカでは貧富の差や人種問題として扱われやすい。そういった変数で社会を語ることに慣れていない日本では、まだまだ世代論が流行するんだと思います。

日本でここまで若者論が流行るようになったのは、一九七〇年前後です。まさに「一億総中流」の出現と同時期。それまでは、誰も都会の裕福な若者と、農村に住む若者を、年齢が同じというだけで同列に語れるとは思っていなかったんです。

あとは、年功序列の文化がもしかしたら関係しているのかも知れないです。ムラ社会にあった「子供組」「若者組」「中老組」「年寄組」という年齢集団の名残か、企業社会における年功制か、儒教の影響なのか。このあたりは難しいですけど。

加藤　そこそこ、年功序列。あれはやめたほうがいい。若いからできる／できない、という考え方はまったくおかしい。

古市　別に若くても、年を取っていても、できる人はできるし、できない人はできないのにね。

加藤　新聞に取材されるじゃないですか。コメントが載ると、自分の名前の後ろに必ず年齢がカッコ書きされています。あれ、日本だけです。他の国の新聞取材では生年月日なんか聞かれないですよ。

古市　ノルウェーの新聞では結構年齢を目にするんですよ。日本と同じように同質性が高い社会だからかな。年齢をつける国、つけない国を調べたら面白いかも知れませんね。

加藤　理由がなんだろうが、あれはおかしいよ。年齢のカッコ書き、一緒に撲滅《ぼくめつ》運動をやりましょう。

古市　そのうち自然になくなってくんじゃないですか？　もしくは、年齢のカッコ書きが意味を持たなくなるか。

加藤　あ、そう？

古市　日本にも階級があるってことを、みんな少しずつ気付いていくと思います。すると若者論といった形で、のんきな現代社会論を語っていられなくなる。

加藤　そこまで楽観視できますかね。国際世論では、日本社会の保守化が指摘されている。僕も、そういうふうに感じている。

　古市さんの言うように、日本が階級社会になって、年齢のカッコ書きも自然消滅していくとしましょう。たとえそうなるとしても、僕らの世代がスクラムを組んで、ムーブメントで、年功序列なんかぶっ倒すべきだと思うね。

古市　アメリカみたいに、超格差社会だからこそ、建前として年齢差別をしないみたいな発想もあり得ますよね。ただ階級がわかりやすく存在する社会でも、同じ階級内での年齢差は残ってしまう。

加藤　そうだとしたら、時代とか、国情を超えた話なのかもしれないね。

古市　特に変化が緩やかな社会では、どうしても年配者のほうがパワーを持ってしまう。お金もあり、人脈もあり、経験もある訳だから。一方で社会が急激に変化していく時は、若者がパワーを持ちやすい。全く新しい出来事を前にして、古い価値観がむしろ有害と見なされたりもする。ＩＴ業界やゲーム業界に若者が多かったのもそういう理由ですね。最近は、どちらもすっかり高齢化が進みましたけど。

◆◆◆日本における若者論◆◆◆

加藤　日本は特殊だね。なんかこう、面倒くさい。

古市　だけど、年齢で差別されるのは、僕らにとって逆にチャンスじゃないですか。

加藤　非常に割り切って言っちゃえばそういうことになるね。

古市　**若いというだけで、下駄を履かせてもらえる。すごいチャンスですよ。若者論をやるなら若いうちだと思っていました。**

加藤　したたかに（笑）。狙って本を出したのですね。

古市　意識はしていたけど、別に本がそこまで話題になるとは思ってなかったです。だって、いまさら若者論なんて、って感じだったんで。

加藤　どうして売れたと分析しますか？

古市　一つは時代の空気とマッチしたんじゃないですか。

加藤　震災の後だったから。

古市　それもありますね。本の発売は二〇一一年の九月。震災の約半年後。電力不足が懸念されていた夏も乗り切って、被災地以外には日常がほぼ戻りつつあった日本。先を考えたら絶望的なはずなんだけど、なぜか奇妙な幸福感が充満している。そういう時代のスケッチとして、本の題名も良かったのかも知れません。

加藤　なるほど。

古市　ただ本の内容はすごくオーソドックスなんですよ。「一億総中流と若者論の成立が同時」なんて、ちょっと考えれば誰でもわかる。若者の生活満足度の高さも統計を見ればすぐわかる。まあ、僕自身が「若者」っていうのが、やっぱり大きかったんですかね。

加藤　今の日本の若者は絶望的な国にいるけれども幸せだと、古市さんはご著書の中でおっしゃっています。ほんとうに若者は幸せなんですか？

古市　意外に幸せ、です。

加藤　意外に、って付けるところがポイントなんだね。

古市　一部の大人たちが思っているほどかわいそうでもないし、心から幸せというわけでもない。戦時中の若者よりよっぽどマシ。iPadもなかった時代よりも、よっぽど楽しい。だけどこんな社会だから、将来に不安もある。

　僕が嫌だなと思うのは、当事者ではない人が「若者は不幸だ」と言うと、それはどうしても不寛容になっていくことです。丸山眞男も言っていますが、ひとの身になるのというのは実はすごく難しいこと。他人の経験への安易な同一化は、官僚的なパターナリズム（お節介）に陥りがちです。

加藤　これまでの若者論はどんな人が供給していたの？

古市　大きくは二種類いますね。一つは、真面目に統計分析などを行う研究者。でもこういった研究は地味なので、あまり注目されません。もう一つは、最近の若者はこうだ、と大胆なことを言ってしまえる人。マーケターに多いですね。

加藤　そういう人たちを、どう思います？

古市　まあ、別にいいんじゃないですか。所詮、若者論は若者論なんで。

加藤　古市さんはその間隙を突いたわけか。

古市　まあ、あえて言えばそうですね。

◆◆◆編集長は三十前の女性、副編集長は五十代半ばの男性◆◆◆

加藤　改めて思うけど、若者論が盛んだなんて、世界の中でも日本だけですよ。
古市　中国の「八〇后」も、日本の若者論とはちょっと違うみたいですしね。
加藤　語る人も聞く人も、若者論という意識はあまりない。
古市　階級社会だから、若者って概念がピンと来ないのかな。
加藤　ピンと来ないし、研究の対象にはならない。
古市　ならないでしょうね。中国では同じ二十歳でも、都市と地方だけでまるで違うのだから。戸籍制度の問題もありますしね。
加藤　全然、違う。戸籍制度改革が進まないなか、中国では生まれた段階で格差が存在してしまう現状が制度的理由によって充満してしまっている。
古市　党員か、党員じゃないかでも、また違うだろうし。
加藤　中国では、いろんな格差・階級がマーブル状態になっているから、一つの面から括れないし、若者論どころではない。

古市　社会に勢いはあるけれど、れっきとした格差は残されている。

加藤　ダイナミックではあるよね。いろんな議論も出てきやすい。問題がスペシフィックというか、フォーカスがはっきりしている。

古市　より切実で具体的な問題が山積みってことですね。

加藤　そうです。アクチュアルな問題がいっぱい。だから、ぼんやりした何とか論はどうでもいい。中国には男女論もない。

古市　へえ、そうなんだ。フェミニズムもない？

加藤　聞いたことないね。そもそも、女性のほうが男性よりも強い感じだし。

古市　研究者はさすがにいるんでしょうけど、そんな存在感もないってことですね。

加藤　**だいたい中国で男女の差はすごく小さい。どっちも働いて当然の社会。性差に関係なく、実力主義。**僕がよく仕事をやっている雑誌の編集部なんか、編集長が三十前の女性で、副編が五十代半ばの男性だったりします。それで問題ない。大切なことは良質な商品を創ることであって、男性や年配者に媚《こび》売ることとじゃないんだから。

そういう点では、中国のほうが健康的だし、日本のほうは逆に意味不明。仕事もろくにせず、会社に実質的な貢献をしていないような年配従業員が、気合の塊みたいな若手よりも待遇が良いんだから。あれでよく若手は我慢していると思うね。本末転倒なんて言葉では形容できないくらい理解不能。僕から見ればね。

◆◆◆なぜ日本の若者は海外に行かないのか◆◆◆

加藤　だけど日本の若者に、僕は言いたいですね。

自分たちがいかに恵まれているか、もっと知ったほうがいい。知るために、例えば海外旅行を活用したらいい。自らを客観視するためには他者を知るしかない。今はまだ円高傾向なんだし、日本のパスポートを持ってれば基本的にどの国でも行けるんだし、それもビザなしで。

古市　日本人が海外に行きやすいのはその通りですね。

加藤　そう、ほとんどの国に行ける。これを当たり前と思っちゃいけない。中国人が海外旅行しようと思ったら、どこに行くにもビザが必要で、ビザを取るために何百メートルって並ぶわけですよ、各国の大使館に。並んでも拒否されたりすることも日常茶飯事だし。

日本人はね、そういう障壁がない。なぜ海外に行かないんだと不思議なくらいです。外に出ればいろんな発見があるし、今流行りの自分探しにももってこいなんだから。日本にいたって自分探しなんてできないよ。だって、社会全体が同質化・均質化しているんだから、明確な他者、或いは比較対象がいない環境で、自分を客観視できるわけがない。

古市　僕もよく海外に行くので、加藤さんがそういう気持ちもわかります。一方で、日本の若者が海外に目を向けなくなっている気持ちもすごくわかります。だって、まわりに何でもあるんだから。海外の映画も海外のお店も、全部日常の中にある。**海外というものが当たり前すぎて、海外に行く価値が見つけにくい。**なんで、わざわざお金を出して、リスクを冒してまで海外に行かなくちゃいけないの、という。海外旅行が一大イベントだった三十年前とは違いますからね。

加藤　そこは僕も否定しない。精神論で、何が何でも行けとは言わない。結局は、個人の価値観の問題だから。

古市　はい。あと「若者の海外離れ」ってよく言われますが、それは事実として間違っています。統計的には違う。

加藤　データでは増えていますよね、逆に。

古市　そうです。若者全体の人口が減ったから、海外出国者や留学生の数がすごく減っているように見えてしまうんです。割合で見たら留学者率はバブル期のだいたい四倍になっています。この割合は別に国際的に見てそこまで低いものじゃない。

世界的にアメリカへの留学生は多いですけど、アメリカからの留学生は少ないですね。留学するアメリカ人の割合は日本の半分くらいです。自分の国で十分な高等教育が受けられるんだから、海外に留学する必要はない。自己完結しちゃうんですね。

加藤　自己完結を全否定はしない。けれども、日本人にとって、留学はローリスクハイリターン。変わっていくような、変わらないような世の中に悩み続ける若い世代にはそこに気づいてほしいと、僕は発信し続けます。色んな経験をして、発見をして、もっと楽しく生きてほしい。自分の使命だと思っている。経験者として。

古市　そのスタンスは僕も同じです。人の生き方というのは、本当にその人次第。研究者として現状分析はする。シミュレーションもする。だけど、こうしろと言うことはできない。その上で言えば、今の若者はかつての若者と比べて、信じられないくらいの自由を手にしている。生き方に、ものすごい数の選択肢がある。

加藤　たくさんの選択肢がある。それ大事。僕がなんで中国をある意味テコに使いながらいろいろ発信してきたかと言えば、やっぱり今の中国の若者は日本人の若者とまったく違う時代と環境を生きている。スケールも大きい。エネルギッシュ。だから僕は、彼らを鏡にして、こういうところは日本がまだまだ優れてますよ、ここはちょっと遅れ気味かも、お隣りの国ではこういうことが起こっている、と問題提起したかった。日本人が自分を顧みて、他者と比較して、将来に向かって走っていくための選択肢を、僕は増やしたいなと思っているからなんです。選択肢があるんだという事実を、もっと多くの若者に気づいてほしいんです。

◆◆◆若者論の寿命◆◆◆

加藤　僕らもね、若者の一人としてというか、だんだん若者ではなくなっていく一人の日本人としてどう生きていくか。問われてきますよね。

古市　年、とっていきますね。

加藤　古市さん、若者論の寿命はどのぐらいだと思っていますか？

古市　うーん、どうだろう。抽象的な思考って、社会の変化にすぐに対応はできない。社会が変わったとしても、認識や言葉はすぐには呼応しない。

加藤　そう簡単には呼応しないね。

古市　バブル崩壊は今から振り返れば一九九一年ってわかります。だけど同時代的に、それはただの短期的な不況と見なされていました。社会の雰囲気も九〇年代を通してバブル的と言ってもいい。バブル崩壊の意味が、本当に認識されたのは二〇〇〇年代に入ってからのことだと思います。つまり、社会の変化から認識の変化まで十五年くらいあるってことかな。

加藤　ということは、あと十五年は若者論で食えると（笑）。

古市　僕が若者論を続けていくかどうかは別ですけど、しばらくは若者論も続いていくんじゃないですか。新しい見方に慣れるまで、やっぱり時間はかかる。

例えば日本人同士なのに話が通じないことってありますよね。すると、年齢が違うからって思っちゃう人が多い。ほんとうは階級が違うから、だとしても。わかんないことを年齢のせいにしてしまうという現象は、この先、十年、十五年くらいは続くのかな。

加藤　そうした現象を、古市さんは社会学という武器で斬っていく、と。

古市　まあ、今のところは。

加藤　なぜ、あいまいにおっしゃる？

古市　えっ、べつに、ずっと若者論をやっていこうとか思っていないので。その時まで、社会学っていうものをしているかもわからないですし。

加藤　そうですか。僕の場合は今のところは、現場主義的に中国を斬る、と。若者論、中国論。どちらの寿命が長いかはわかりませんが、おそらく中国のほうが長いでしょう（笑）。

古市　中国はなんだかんだ言ったって、地政学的に日本がつき合っていかなきゃいけない大国ですからね。

◆◆◆ 若くなったら、何を武器にするか ◆◆◆

加藤　そうね。中国が台頭するほど、世界の警戒心は高まる。二十一世紀上半期の世界で最大のテーマは台頭する中国をどう理解し、どうつき合うかだと思う。このプロセスには中国の内外できっちりコミットしていきたいですね。

古市　加藤さんは日本人ということで注目されたというのはありますよね。日本人なのに流暢《りゅうちょう》な中国語を話すし、弁も立つ。

加藤　それはある。でも、このところは違ってきた。二年ぐらい前までは、「彼は日本人だから」ということで、持ち上げられたり、叩かれたりしていたんですけど、最近は、持ち上げられるにしても、叩かれるにしても、「加藤嘉一だから」となってきた。

それは僕にとってすごく喜ばしいこと。勝負は国籍や年齢や性別を超えてなされるべき。中年になればね、家庭や子供に縛られたり、いろいろ制約が出てくる。自由にやれる若い今のほうが有利なのかもしれませんが、そこに執着するのは意味がない。僕がどうあがいたって、時間そのものは流れていくんだから。

古市　たしかに「若いから」っていうのは、今だけしか使えない武器ですよね。どっちみち人間は若くなくなっていく。僕も今でこそ「若いから」って理由だけで、いろんな仕事が来ますけど、確実に年はとっていく。しかも僕自身としても、四十代で若者論とかをしたくない。

加藤　**では、若くなくなったら、何を武器にするか。そこが大きな課題。**

古市　うん。

加藤　僕が大切だと思っているのは、中国社会への見方、距離の取り方の引き出しをもっと増やすこと。あと、やっぱり他人にはない絶対的なものが必要だと思います。

　僕は自分のことを典型的な相対論者だと認識しているけど、己への要求は違う。絶対的な何かが欲しい。中国語や英語をもっと磨くとかね。特に中国に関しては、読む・聞く・話す・書くという四つの機能を含めて、外国人が中国語を学び、中国語で学んでいくうえで、新しい可能性を自らの言動で示したい。能力を持った人間には、それを正しく行使する責務があると思っている。

古市　加藤さんらしくて、いいと思います。

衣食住

◆◆◆服はスポンサーから貰う◆◆◆

加藤　古市さんは、衣食住だと、どれを大事にしていますか？

古市　衣は大事だけど、最近はわりとどうでもいいっていうか、楽で、軽いものが好きですね。窮屈なジャケットは着たくないし、重いバッグは持ちたくない。

加藤　オシャレには、こだわっているでしょう。

古市　前はそれなりに。買い物自体が好きで、だけど買いたいものは本か服くらいしかないから。服はいくら買っても、毎日一回は着替えることができる。家具や家電だとこうはいかないですからね。

加藤　僕は服、基本的に買わない。服が僕を選んでくれると思っているから。腹筋を鍛えてランニングをして、そうすれば僕のスポンサーになりたいって人間が出てくる。

古市　じゃあ、服は、スポンサーから貰う？

加藤　基本、スポンサーですよ。ナイキが提供してくれている。

古市　たまには自分で買うこともある？

加藤　日本に帰ったとき、あとは旅行中にね。旅行には長い時間着こなした、ボロボロの服を持っていくんで、現場で着替えを買って、要らないものは捨てちゃう。だから、服が溜まらない。

古市　へぇ～、おもしろい。

加藤　僕ね、循環主義者なんだ。常に循環させるリズムが心地いい。

古市　住のほうも、加藤さんは、常に動き回っているから……。

加藤　マイホームの購入欲とかないですね。

古市　それは僕も全然ない。賃貸がいい。所有のリスクがないじゃないですか。

加藤　中国の場合、投資の対象としての家はありかもしれないけれど、ステイタスとして欲しいとかは一切ないですね。

古市　うん。ただ、部屋にいる時間は長いので、居心地がいいに越したことはない。それと、本がたくさん置けるっていう条件は必要かな。

加藤　本ね。僕は今、北京に置いてある膨大な蔵書をどうにかしなきゃいけない。

古市　たしかに本の置き場は大変です。なんか、部屋にいつも散らばっています。

加藤　食は、どうですか？　僕は、「加藤さん、食いっぷりがいい」と、グルメ番組からもいろいろ話が来る（笑）。

古市　たくさん食べるんですか。

加藤　昔はけっこう食べましたけど、年も取ったし、今は普通です。高校生までは毎食ごはん三杯が基本だった。今では一杯が基本で、多くても二杯。胃が小さくなっているのかな。まあ、職業柄、食べるのは速いですけどね。パッパパッパ、食べちゃう。

古市　中国では、どの地方の料理がおいしいですか？

加藤　どこの料理もおいしいけど、辛いのが好きなので四川や湖南はいい。あと、中国でもビジネスを展開しているカレーのＣｏＣｏ壱番屋。僕、中学時代から通っています。

古市　へえ。じゃあ、今でも日本に戻ってきたら？

加藤　必ず、カレーライス。大好物ですから。朝は納豆。豆腐とか、植物性タンパク質が好きです。身体が欲したときに、野菜もたくさん食べます。僕はビタミンや乳製品も大好き。特に牛乳は一日一リットルくらい飲みますね。

古市　まるでアスリートですね。

加藤　そうかも。ほんとうは炭水化物が一番好きなんですけど、抑えます。太っちゃうから。引き締まった身体をキープすることも僕の仕事ですからね。

古市　今でもマラソンに出たりするんですか？

加藤　出ます。フルマラソンね、中高時代陸上長距離をやっていたけど、ブランクがあるので、最近の東京マラソンでは三時間を切れなかった。次はしっかり二時間台で走りますよ。

古市　すごい。さすが自己紹介で「ランナー」というだけありますね。

◆◆◆ 一人でいるときは食事をとらない ◆◆◆

加藤　で、食。古市さんは、どの料理が好きですか？

古市　料理……。

加藤　麺？

古市　ラーメンとか、数えるほどしか食べたことがないですね。だって、ラーメン屋さんって、なんか入りにくいじゃないですか。

加藤　入りやすいですよ。

古市　基本的に一人だと、お店、入れないですね。

加藤　え、じゃあ、友人とはどこに行くんですか？
古市　カフェとか。
加藤　カフェ？
古市　カフェとか、レストランとか、ふつうに行きますけど、食べることが主目的でお店に入ったりはあまりない。
加藤　なるほど。日本料理とか、フランス料理とか、好きな料理はありますか？
古市　油っこくないほうが。でも、べつに料理はどこの国のでもいいんです。
加藤　古市さんは、食事にあまり気を遣わない？
古市　人と一緒のときはおいしいもの食べたいですけど、一人のときは別になんか何でもいい。家ではチョコがあればいい。
加藤　チョコって、チョコレート？
古市　うん。他は、プリン、アイス。甘いもの、乳製品が好き。
加藤　ご飯は？
古市　一人でいるときは、ほとんど食べない。基本、チョコ。
加藤　え！

古市　ミルクチョコで生きています。

加藤　なんで、ご飯食べないんですか？

古市　いや、なんだろう？　一人でお米を食べることはあんまりないですね。チョコとは合わないし……。

加藤　日本人でご飯を食べない。へぇー。

古市　会食は普通にしますよ。でも、一人だと、なんか食べる意味ないというか。僕はランニングもしないんで、放っておいたらどんどん体重が増えていっちゃう。だったら食べなくてもいいかなって。チョコはカロリーが高いから、そこは矛盾してるんだけど。

加藤　僕もチョコは好きですが……。

古市　子供のころ、結構太っていて、また太りたくないなというのがあります。だから食事はあまり量を摂らない。学校から、血液検査を受けたほうがいいです、って手紙を貰うくらい太ってたんです。本当、デブって感じ。

加藤　僕も一時期、太ってましたよ。

古市　本当に？

加藤　うん。柔道やっていたころだから、小四か。身長が一六八、体重が八〇ぐらいあった。

古市　でもそれは、デブっていうよりは、体格がいいって感じでしょ。
加藤　でも、柔道やめてからは、中二で身長が一七六。体重は五六まで痩せた。
古市　どうやって体重を減らしたんですか？
加藤　ひたすら走った。
古市　走った？
加藤　ひたすら走って、二四キロ減。身長伸びてね。
古市　すごいな。僕も、中学生の頃に痩せようと思って、毎晩、夜中に三十分ぐらい歩いたんですよ。それで、一〇キロ減った。単純に歩いただけなんですけど。
加藤　運動した時期があるんだ。
古市　あるんですよ。三カ月間ぐらい。それまでほんとに、まったく運動しなかったんで、すごく効果があったのかもしれない。体育もやってなかったから。
加藤　体育って？
古市　学校の体育の授業。お医者さんに診断書を書いてもらって、全部、見学にしていた。
加藤　病気だったの？
古市　いちおう小児性喘息《ぜんそく》。まあ、途中からは治ってましたけど。

第八章

これからどう生きていくか

日本人としての意識です
に対する愛着心、かな

千代田区のPHP研究所でも対談を行った。

◆◆◆ この二年で何が変わったか ◆◆◆

加藤　いろいろ二人で話してきてね、僕の中での古市さんが変わりましたよ。文章に関する天性のセンスをお持ちだという発見もそうだし、トータルなイメージとしても、さすがだと思う。お会いする前は、もっとドメスティックな感じで淡々とやっている人だろうという先入観が、正直ありました。でも、実際は、しばしば海外にも行かれているし、物事を多面的に考えて行動している。

古市　まあ、できるだけ普通に生きてきただけなんですけど。僕のほうでも加藤さんのイメージが変わりました。

加藤　ただの暑苦しい奴じゃなくて（笑）。

古市　そうですね。自分できちんと、どうやったら自分の得意分野を活かせるのかを客観的に考えている。評論家として大きなことを言うと同時に、取材を大事にしたり、大学で教育活動をしたり、現場を大事にしている。

　上海で加藤さんの家を見せてもらったじゃないですか。机の上に、日中英の本が積み上げられていて、「この人、きちんと努力してるんだなあ」と思った。暑苦しいこと、強気なことを言える裏側を見られてよかったです。

加藤　いやいや、才能、センス、要領、そういうもので勝負できる人間ではないので。コツコツと努力していくしか成長はあり得ないと思ってます。人一倍汗をかかないと。まあ、本人としては疲れ切っているところもあるんですけど、古市さんからそう言ってもらえるのは嬉しいですね。問題はお互いにこれからですよね。

僕は、その先どうなるかはわかりませんが、ひとまず拠点をアメリカに移して、自分の幅を広げていこうと思っています。中国研究も含めて、異なる視点からウオッチしていきたい。自分の人生もですが、転換期に差し掛かっていると認識してます。古市さんはこれまで通りに？

古市　そうですね、特に新しい何かをしたいというのはないですね。ただ、自分では今まで通り何も変わらずに、普通に生きているつもりでも、周囲の環境は変わっていくんで。

加藤　論壇でパブリックに発言するようになってから、変わったのですね。僕も、日本での言論活動は同じぐらいの期間です。二年間で、古市さんは何が変わりましたか？

古市　僕自身は変わってないと思うんですけど、そこはわからないですよね。人からは、変わったように見えるのかもしれないし。それは関係性の中で構築されることなので。

加藤　有名人になって、そうだろうね。
古市　別に有名人ってわけじゃないんですけど、まわりに対して「僕が変わってないんですよ」って言う機会は増えたかな。
加藤　変わってないことを自分で説明する？
古市　例えば、相手が編集者の方だとしますよね。昔は立場が対等か、こっちが下くらいだったのが、新しく仕事を依頼してくる方に対しては、どうしてもこっちが上の立場になっちゃう。そういう関係だと、こっちが書いた文章を、向こうは直しにくいと思うんですよ。それって、僕にとっては得るものがない気持ち悪い関係じゃないですか。だから、そうならないようにわざと下手《したて》に出たりとかは意識してやっていますね。あとは内閣府の会議とかに呼ばれると「先生」って呼ばれるんですよ。居心地が悪くてむずむずします。本当は「君」づけくらいでいいのに。
加藤　意図して下手に出る。なるほど。そういうことを、よく考えているようですね。
古市　うん、考えている。逆に、偉そうにしたほうが仕事が進みそうだなと思ったら、そういう態度も取るし。既存の社会のルールに乗っかろうとはしています。

◆◆◆強い武器がないから、ポジショニングを重視している◆◆◆

古市　人間関係のルールとは違いますが、東大の大学院に入ったのにもそういうところがある。東大の院は学部に入るのと比べたら、はるかに簡単。試験科目も少ないし、受験勉強も僕の場合は必要がなかった。でも、世間的なブランド力は意外とあって、しかも学費が安い。

加藤　意図的に利用したわけですか？

古市　費用対効果が一番いいと思ったんです。もちろん、東大なんだから面白い人にたくさん会えるだろうという期待もありました。この点に関しては、微妙だったんですけど、いい先生にはたくさん出会えましたね。

今、研究者として少しは注目してもらえているのも、研究内容だけでなくて、友達と会社もやっているからとか、僕の立ち位置にもあると思います。幾つかの立場を組み合わせるということは、意図的にやってきました。

加藤　それは権威の利用だけではなく？

古市　幾つかのことを組み合わせると、大したことじゃないことが、大したことのように見えますからね。東大の院生なんて一万人以上います。だけど会社を経営している院生となるとそこまで多くない。これは、ブランディングという意味もありますけど、本当はその道一本でやっていくのは、あまりにもリスクが高いので、それをヘッジしている部分のほうが大きい。

加藤　リスクヘッジで、武器をいくつも持つ。

古市　**自分に一生使えるような「強い武器」があるとは思っていないんです。だから、ほんとうは強くないかもしれない武器でも、強そうに見えるフィールドを探す。**

社会学者の中では常識と言えるような知識でも、一般社会ではあまり知られていない話はたくさんあります。それをわかりやすく伝えることによって、常識を「新しさ」に変える。フィールドを変えることによって武器を大きく見せる。

加藤　なるほど、勉強になるな。

古市　強い武器をみんなが持つ必要はないと思うんです。ささやかな武器しかなくても、その力を活かせるような場所を探せばいい。自分の能力を鍛えるというよりは、自分が活きる場所をいかに探すか。そこはすごく意識しているかな。

加藤　ポジショニングですね。

古市　そうですね。加藤さんはコンディショニング、僕はポジショニングを重視しているのかもしれない。

加藤　なるほど。

◆◆◆誰からどう言われようが、突き抜ければ大丈夫◆◆◆

古市　さっき、加藤さんが「疲れ切った」と口にしていたのが少し気になるんですけど。

加藤　中国に飛んで九年以上になる。おかげさまで、いろいろな景色を見て、いろいろな人とつきあって、いろいろなことを経験させてもらいました。後悔は皆無です。でも、そりゃあ、疲れましたよ。

古市　有名になって、批判を浴びるようになって？

加藤　批判は当然ある。いちいち気にしている暇はないですね。ただ批判者には名を名乗って、僕の前に来て、正面からぶつかってきてください、という思いですね。文句があるなら、堂々と僕の目の前に来て、説得してほしい。「ここがこう間違っています」「あ、なるほど、気づかされました」となればいいじゃないですか。でも、そういうケースが一つもない。

古市　陰口ばかりなわけですね。今まで耐えてきたんですか？

加藤　僕は沈黙を保持してきた。自分に自信があれば、黙っていられる。だから、沈黙。反論したいこともたくさんあるし、辛いけど。沈黙を以て力を見せつければいいと思っている。

むしろそういった、顔も見えないたくさんの方々から注目していただいて、その中で批判の言葉も頂戴できてということを、ありがたく思っています。応援してくれている人たちだけじゃなく、批判してくれている人たちにも感謝できる人間でありたい。でも、自分は自分、誰からどう言われようが、突き抜ければ大丈夫という確信がある。

古市　陰でこそこそやる批判って、胸がきゅんとしちゃいます。「文句があるなら自分でやればいいのに」と一瞬思うんですけど、きっと自分でできないから陰で文句を言ってる訳ですから。たしかにこっちが突き抜けちゃえば、何を言われてもどうでもよくなる、というのはありますね。

加藤　では、いかに突き抜けるか。

古市　一般論になりますけど、人って、日々変わらない生活を送っていると、そこで起きていることが人生のすべてだと思いがちじゃないですか。だけど、そんな自分の日常って、世の中から見たら、無数の選択肢の一つでしかない。この社会には、無数の選択肢があるのに、それに気付かないふりをして、ただ生きてしまっている。ほんとうは、そういう日常からの出口というのは、色んな場所に転がっているのに。

加藤　まったく同感です。

古市　それで「出る杭」になったら、陰湿ないじめとか、嫌がらせもあるだろうけれど、しょせん普通の人にできる杭の打ち方って陰口ぐらいなんで、気にしなくてもいい。**もし本気で杭を打つ人がいたら、逆に手を組めるぐらいに思えばいいんじゃないかなあ。**

加藤　僕もそう思います。

古市　陰口は、この社会に溜まっているガスぐらいのもの。僕もいろいろ言われていますが、あんまり気にならないんですよね。研究者として、そういう人にインタビューはしたいけど。

加藤　じゃあ、陰口を叩かれる僕らは、社会貢献していますね。ガス抜き、捌《は》け口として。

古市　そうかもね。

加藤　それぐらいの思いでやっていかないと、特に日本みたいな社会では、何を言っても叩かれるから。正論を言えば叩かれるし、ちょっとカーブを投げても叩かれるし。そんなのにいちいち対応していたら何もできない。一日二十四時間、三百六十五日という時間は決まっているんだから。

◆すごくおいしい一二〇円のジュースをつくりたい◆

古市　誰でも何でも言える時代みたいになっていますしね。

そんな時代に、僕らは言論活動みたいなことを仕事の一つにしているわけですが、加藤さんはどんな言論人でありたいですか？

加藤　これは僕も対談させていただいたことがある内田樹《たつる》さんがいずれかの著書で触れていたんですけど、自動販売機で一〇〇円玉一枚と一〇円玉二枚入れてボタンをポンと押せば商品が出てくる。そういう誰にでもわかる、疑いようのないものこそが思想だと。

ほんとうに突き抜けた人じゃないと、誰にでもわかることって言えないと思うんですね。たくさんの知識や情報を、わかりやすいロジックで総括していく思考力、分析力、包容力。いろんな人に伝わる舞台を創出する人間力。それらに裏付けされた発信力。国境を越えて、価値観の異なる人たちに、異なる体制で生きる人たちに、多言語で語れることが自分の強みだと自覚している。当面の間はそこを磨いていきたいですね。

古市　そういう総合的な力があってこその言論だ、と。

加藤　かつ、大衆に迎合するのではなくて、です。**だから僕がいつも思ってるのは、突き放すこと**。読者や聴衆を、いったん突き放して、それから引き寄せるみたいなイメージ。やっぱり一回、突き放さなきゃいけないと思うんだね。

古市　少しわかりにくいかも。

加藤　何て言えばいいかな。恋愛術じゃないけれども、一回、突き放すことで逆に魅力な人間だと感じてもらえるような、そういう回路が働けばいいなと僕は思うんです。突き抜けているんだけど、大衆に対して一種の暖かさ、思いやりみたいなものも持ちつつ、常に社会のことを考えながら発信する。そういう孤高の言論人になりたいですね。

古市　僕は、すごくおいしい一二〇円のジュースをつくりたいです。

加藤　ほう。

古市　普通の自動販売機で、普通に買ったつもりなんだけど、なんかすっごくおいしいぞ、みたいな。買ったほうとしては、いつものジュースが出てくると思っていて、そのクォリティは当然満たすんだけど、満たしたうえで、さらにこんなこともありうるんだみたいな驚きを、提供できたらなとは思いますね。

加藤　果汁一二〇%って感じですね。喉《のど》が渇いてきた。

古市　知識人が、大衆なんて無視していい、みたいな態度になってはいけないと思うんです。ちゃんと普通の人のこともわかって、かつ、突き抜けている。そういう姿はいかにありうるのか。そこはずっと考えていますね。

加藤　そうでしたか。

古市　あと、ただの市場主義にはなりたくはないと思います。市場で売れる、注目される、といった手段が目的になってしまったら格好悪い。特に僕は友達とやっている仕事もあるので、言論の世界に過剰に媚びる必要はない。そういう恵まれた立場にいるので、普通の人でもわかるし、普通以上の人にも魅力的な語り口を、探してはいますね。
だから自分の本でも、専門的な内容を入れるときは絶対わかりやすい文章で書くし、自分がわからないことは書かない。読者を舐《な》めているわけではなく、読んでくれる人を置き去りにはしたくないな、って。

加藤　よくわかる気がしますよ。僕がいつも思うのは、読者や聴衆と一緒になって考えていく、そのためのキッカケづくりをしようということです。思想を実際の行動で示す。学生からは親しみの持てる、近くてカッコいい存在になる。そこが大事だと思うね、やっぱ。

古市　若者のロールモデルでもあるし、国際的な架け橋でもあるし、加藤さんはいろんなものを背負っていますよね。そういう人は日本に長い間いなかったと思うんで、加藤さんは新しい人ですよ。すごいと思う。

加藤　いやいや、まだ、そんな。一緒に盛り上げていきましょう。
だけど、僕は架け橋という言葉自体は、好きだけど、あんまり使いたくないな。単なるつなぎ屋、ブローカーがたくさんいますからね。

古市　では、翻訳者というか、ミドルマン。

加藤　ええ。真の意味での翻訳者は目指したい。異なるプレイヤーの間で、政治を訳す。価値観を訳す。体制を訳す。文化を訳す。そして、生き方を訳す。ミッションとして自覚もしている。

ただ、翻訳するだけじゃなくて、自ら発信もしていきたい。その発信価値を裏づける知識、アクション、経験、いろいろ必要だし、整合していかないといけない。翻訳も発信の一部だろうけど、自らの独自性も出したいですよね。たとえば、役者さんは表現者ではあるけれど、演じているのはあくまで他人ですから。そこには、自分を生かしつつも、押し殺す作業が必要になる。僕もこれから「生かす」と「殺す」の狭間でもがいていくんだと思います。

コミュニケーターみたいなことに専念したら、発信の根っこになるところが疎《おろそ》かになるし、根っこに執着しすぎると、今度は社会的な価値がなくなっていくし。

古市　バランスの話ですよね。

加藤　そこが問題。バランスを取るというのは、言うはやすしでね、ほんとに。

古市　ちゃんとしたものを準備していたら、どんどん社会が動いて、時代遅れになってしまう。昔の研究者だったら、それで良かったんだろうけど、今はそれでは間に合わないぐらい、社会の動きが速い。速度と深度のバランスが難しい。

加藤　めっちゃくちゃ速い上に、社会がどんどん複雑化している。

古市　だけど人の認識能力って昔から別に進歩している訳じゃない。人の話を聞いて、文章を読んで、ディスカッションをしてというのは、数千年前からあまり変わっていない。スマートドラッグとかが普及すれば別だけど。だから今のところ近道、逃げ道、横道はない。

加藤　そうなんですよね。

古市　注目されている人は、みんな、それなりの努力をしていますよね。舞台裏で何もしないで、何事かを成しとげている人はほとんどいない。本人からしたら、そのことにコミットするのが当たり前すぎて、それを努力と思っていないことはありますけどね。

加藤　スティーブ・ジョブズもそうだね。あのプレゼンだって、事前の準備にとんでもない時間と労力を注いでいるからこそ実現可能なもの。一％の才能に九九％の努力を以て応えられる人間。それこそが天才の定義なのかもしれない。

◆◆◆日本への愛国心、同世代への愛着心◆◆◆

古市　そうだ。加藤さんは渡米しますよね。アメリカのことはどう思ってますか？

加藤　アメリカ合衆国に対して？

古市　はい。対米意識とか、どうなんだろうかと思って。

加藤　僕はね、こんなこと言っちゃ、誤解を生むかもしれないけども、アメリカに対しての思いは相当あります。

古市　憧れ？　逆に、コンプレックス？

加藤　いや、単純に「あの野郎」っていう感じ。

古市　あの野郎？

加藤　アメリカは日本に二つの原子爆弾を落とした。戦後は日本を自らの意思で「改造」し、対共産主義の防波堤に利用した。日本もアメリカを利用してきたけど、裏を返せば、振り回されてきたという意味でもある。それによって、日本人は独自の戦略で勝負する時間と空間を失ってきた。いまの日本の戦略的思考、自立心が欠如している背景において、アメリカの存在は無視できない。それを知っていて単純にアメリカのことを好きになったり、憧れを抱くって、僕には難しいですね。「アメリカとどうつき合うか」、そこをオールジャパンで議論して国際社会に独自に発信してこそ、日本の「戦後」に初めてピリオドが打たれる、その先にあるのが、主権国家日本としての自立だと思ってます。なのに、日本人はもうアメリカっていうだけで弱いから。何かにつけて、「アメリカでは、アメリカでは」と騒ぎ立てる。日本もアメリカも同じ主権国家なのに。おんなじように頑張っている市民なのに。なんで日本はダメで、アメリカがいいのか。僕にはそれがずっと理解できなかった。

古市　日本における表象としてのアメリカは良くも悪くも巨大ですよね。まあ僕にとってのアメリカは、ただの買い物が楽しい国なんですけど。

加藤　実際に日本人がこれから本腰を入れてつき合わなければいけないのは、中国ですね。アメリカとはこれまである意味したたかにつき合ってきたわけだし、ある意味制度的に落ち着いているわけだから、これからほんとに理解しなければいけないのは、中国・中国人のほうですね。なのに、やっぱり日本人はアメリカ。アメリカのどこがすごいのか、僕は少なくとも懐疑的に視ている。現場でじっくり見て感じて来ようと思っていますよ。

古市　そこで加藤さんが何を感じるのか、楽しみです。

加藤　先のことはまったく未定ですけど、最終的に僕が日本に帰って何かをやるには、中国に続いて、アメリカという社会にきっちり挑んでいく必要がある。

古市　あ、最終的には日本なんですか？

加藤　当然です。帰るところは日本。僕、日本人ですから。

古市　加藤さんなら、国境とか関係なしにどこでもやっていけると思うんですけど、それでもなお日本に対するこだわりがあるんですね。

　話をしてきて、ずっと不思議だったんですけど、加藤さんの中には、日本人はこうあるべきだ、といった信念みたいなものがあるじゃないですか。僕なんか、日本が危うくなったら海外に逃げていきたいと思うような人間です。どうしたらそんな風に日本に対するこだわりっていうか、思いを持てるんですか。

加藤　**愛国心**ですよ。

古市　文字通りの、愛国心？

加藤　ダメですか？　ホワイ・ノット？

古市　いえ、ダメとかではなくて、どうしてそう言い切れるんだろう、って。

加藤　僕は、十八歳まで日本が大嫌いでした。アクション取ろうとする人間を潰して、自らアクションやリスクを取らず、保身の魂のような人間がのし上がっていく世の中が嫌いで嫌いでどうしようもなかった。なんでこんな暗い社会で何もできずに生きなきゃいけないんだ、っていう感じだった。

古市　中国に行って変わったんですか？

加藤　やっぱり日本のことを誤解されたり、馬鹿にされたり、歪曲《わいきょく》して理解されたり、日本の、日本人の素晴らしい部分を知らないで、知ろうともしないで、軍国主義がどうのこうのとか言われたり、そういうことが続くと悔しいわけですよ。単純に悔しかった。これはもう感情論です。

古市　うん、それで？

加藤　そういった中国の人に対して、僕は少しでも客観的なデータや現状を反映した話を発信していきたい、と思った。負けたくなかった。もう一種の喧嘩ですが、これは僕の中でのアクションだった。

日本のことを誤解されたくない。勝手に思ってほしくない。なるべく正確に日本を理解してほしい。いろいろ言うんだったら、訪日してから言ってほしい。そのために何ができるか、っていうことを僕なりに考えて動いた。それがいつしか生活の糧となって、さらに自分の存在証明になっていった。もちろん、国境を越えて仕事をするっていうのはリスクを伴う。神経をすごく使う。疲れる。だけど、僕はけっこうM体質なんで、それもまた良し（笑）。

古市　ときには自分をジョークにしながら、走って来たんですね。

加藤　僕が中国に行って一番得たものっていうのは、日本人としての意識です。もちろん、中国を通して見える日本の嫌なところもたくさんありますよ。そして、好いところも同じようにたくさんある。それも含めて、やっぱりまず自分は日本人としてどうあるべきかが問われてくる。その先に見えるのがグローバリゼーションであり、コスモポリタンだと信じている。

逆に聞きたいんですけど、古市さん、日本が別にダメだったら外に出ていけばいい、とおっしゃる。僕もいいと思いますよ。個人の自由だし、自分の価値を最適化するために居場所を求める。そのための努力は惜しまない。これはもう立派な能力ですよ。

しかし、古市さんは言論人である。リスクを背負って、他人が知らないふりをしていることを言葉にもされている。じゃあ、それ、なんのためになさっている？

古市　一つは、それ自体が楽しいってこと。

加藤　もう一つは？

古市　同じ時代の、同じような時期に生まれた人たちに対する**愛着心**、かな？

加藤　愛国心に対して愛着心。

古市　僕が主に日本社会に生きているという意味では愛国心と言い換えてもいいんですけど……。

加藤　愛国心ですよ、それは立派な、ほんとうに。

古市　僕は、いまここに自分がいなかったかもしれない可能性について、よく考えるんです。たまたま日本の大学に行けて、一緒に会社をやっている友人と出会えて、たまたま今ここでこうして加藤さんと話をしている。だけど、そのどれが欠けても僕はここにいない。もし大学受験に失敗していたら？　もし大学に行かせるような経済的余裕が、自分の親になかったら？

そのあり得た現実の中で、ここにいなかったかも知れない自分に対して何ができるだろうと考える。それが翻《ひるがえ》って、同じ時代に生きている自分たちに対する愛着心になる。

加藤　なんで愛着するんですか？　同世代に愛着しない人はたくさんいますよね。

古市　自分自身の問題として考えられるからじゃないですかね。だから同世代といっても、あくまでも自分の想像力の及ぶ範囲内での話です。すごい田舎に生まれて田舎で育った人に愛着心があると言ったらウソになる。自分のリアリティが及ぶ範囲ってすごく限られてはいますよね。だから愛着していると言えるのは、あくまでも自分のリアリティが及ぶ範囲において。今ここで想像する、自分がなり得たかもしれない存在の、マキシマムとミニマムの二本線の間ぐらいにはリアリティが及ぶ。ただそれだけの話です。

◆◆◆誰かに決められたことで自分が流されたくない◆◆◆

加藤　そういう同世代に向かって言論しているわけですね。

古市　ある意味そうです。豊かに生きていくためには、僕だけが幸せではたぶんダメで、僕が想像でき得る範囲で人は幸せであってほしい。まわりの人が幸せでないと、僕自身も幸せになれない。たとえば街中で人が倒れていたら嫌じゃないですか。そんな社会には生きたくない。それは自分のためでもあり、結果的に誰かのためにもなり得る。ちょっとヘンかもしれませんけど。

加藤　それは一種のオーナーシップですよ。

古市　はあ。

加藤　当事者意識。つまり古市さんは、社会の変化、若者のあり方、世界の行方といったものに対して当事者意識を持っている。

納得ですね。**当事者意識を持つというのはまず楽しいことだしね。それ持ってなきゃ、お金儲け以外のモチベーションは生まれないでしょう。**社会が崩壊すれば自分だって影響を受ける。これ基本的な意識ですよ、国民国家を生きる国民としての。

古市　当事者意識がない人が多いなあ、ってのはよく感じますね。すごい勇ましいことや、すごい賢そうなことを言ってるんだけど、「じゃあ、あなたは誰」って。

加藤　感じざるを得ないよね。

古市　僕自身も時には意図的にそう振る舞ったりするんですけど、「私」という主語がない。

加藤　そう、そう。

古市　日本語自体の問題で「私」という主語を使わないにしたって、「私」のことを棚上げしている人が多い。前、ある研究者の人に「あなたの意見は問われてますよね」って言われました。いやいや、あなたが問うているんでしょう、って。

加藤　イラッとするね。

古市「あなたの意見のこの部分を私はこう問います」と言えばいいのに、「問われている」。じゃあ、僕の意見を問うているのは、誰なんですか、神とかですか、ってすごい謎。

加藤　そこを突き詰めていくと、日本人が忘れがちなのはやっぱり自国民としての当事者意識なんだよね。海外に出たら、まず自分は日本人としてどう生きるかっていうことが問われる。アイデンティティーを再構築し、表現しなくてはならない場面がたくさん生まれる。前提はそこです。

古市　僕たちが、今もまだ国民国家の枠組みの中で生きているっていうのは、その通りだと思います。僕も日本国籍を持っていて、日本のパスポートがあるからこそ、自由にいろんな国に行くことができる。

でも、やっぱりたぶん僕を含めた日本の人の多くは、なかなか「日本人として」っていう意識は持ちにくいと思うんですね。

加藤　それは、ただ成り行きに任せて生きているだけだから。いや、生かされているだけと言ってもいい。僕は、自動詞が大嫌いなんです、他動詞でこの世を駆け抜ける人間でありたい。汗が出る、じゃない。汗を出す。決まる、じゃなくて、決める。他力本願ではなく、クリティカルに社会を見ながら能動的に生きたいんですよ、これ、僕の基本的な欲望です。

古市　僕は汗はあまり流したくない……（笑）。

加藤　汗を流さない。それも立派な他動詞。いいです。構わない（笑）。

あとがき

加藤嘉一

パソコンに向かって、一時間が経った。こんなことはかつてなかった。コンディションが悪いからではない。この本が、古市憲寿さんとの共著だからだ。僕の書いたあとがきを古市さんが気に入らなかったらどうしよう。そう思うと、なかなか手を付けられない。古市さんはまえがきを、何の緊張感もなく、スラスラ書いたんだろうな。

本文にも掲載された、古市さんが十七歳の時に書いた詩「人」を、東京にある彼の自宅にお邪魔した際に読ませてもらった。「センスの人だな」、直感でそう思ったし、古市さんにも素直に伝えた。「僕は一生かかってもこんな詩書けないよ」と。

古市さんが上海復旦大学にある僕の宿舎に来てくれたとき、彼はこう言った。「陰でしっかり努力している人なんだとわかった。来てよかった」

恥ずかしさに身を包まれながらも、心の中では「いや、僕は人の何十倍も努力しないと、何もできないし、始まらないから」とつぶやいていた。古市さんには伝えなかった。

あのとき、なぜ口にしなかったのだろう。プライドか、それとも、コンプレックスか。

古市さんと語り合いながら、案外古市さんを意識していたのかもしれない。彼はどういう心境で僕と向き合っていたのだろう。

国境を越えての対談にはそれなりに時間も労力も、そしてお金もかかった。幸い、古市さんも、僕も、お出かけ好きで、現場にコミットしたうえで物事を考え、コミュニケーションをとっていきたいタイプだったから、まったく苦にはならなかった。

PHPでの最初の対談。僕が古市さんに「なぜメディアで発言しようと思ったんですか?」と敬語で聞くと、「表舞台に行けば、加藤さんみたいな有名人と話せる機会も得られるので」と敬語で答えてきた。眼は笑っていた。

いまでは半分敬語、半分ため口くらいにはなったよね。次会うときは、仕事ではなくプライベートで、ゆっくり焼肉でも食べに行こう。

古市さんは、上海、東京と二回の対談で「僕はコミュニティの中で自分が一番下なのがいい。そうすればいろんなものが得られるから」と言っていた。強《したた》かな男だ。

僕から見て、同学年の古市さんはスマートで、世の中という魔物を独自の距離感で測れる才覚を持っている人。「どうすれば加藤さんみたいに話すのが上手くなるんですか?」と聞いてきた。思うところを説明したけれど、僕は古市さんの話しぶりは結構好きだ。僕と同じくらい早口だけど、僕とは違うリズムで思想を刻み、伝えようと努力している。

対談では、僕が見聞とインスピレーションに依拠して問題提起すると、古市さんは統計や過去の事例を持ちだして、議論を深めてくれた。意外にかみ合った。勉強にもなった。

弱肉強食な言論の世界で、自らの名前だけで勝負している僕たち。年功序列な日本では結構リスキーな冒険になるかもしれない。古市さんがいてくれてよかった。彼の存在は僕を安心させてくれる。ひとりじゃないんだなって、そう思える。

内向きとか、下向きとか、後ろ向きとか、国内外で揶揄《やゆ》される日本、そして、そこにいる若者たち。でも、今回の対談で、日本の若者にもいろんな可能性があることがわかった。日本を飛び出して、世界で勝負する興奮と魅力も、ふたりで共有し合えた。読者の皆さんとも共有し、刺激し合いたい。それこそが本書の持つ意義であり、使命だと思っている。

国が頼れないからと嘆くだけでは、何も始まらない。僕たちが向かっていく未来なんだから、僕たちの手で、成長の糧を、そして生きる術を、磨いていこうよ。手をつないで。

古市さんと一緒にこの国を盛り上げ、世界に日本人としての生き方を示していくことができたら、明日への扉を開くことができたら、僕は幸せだと思う。

僕らは階段を駆け上がる。

［構成］ オバタカズユキ

［写真］ 尼寺孝彰（第一章扉・第二章扉・第三章扉・第四章扉）
トコナミ（第八章扉）

[著者略歴]

加藤嘉一[かとう・よしかず]

1984年静岡県生まれ。2003年高校卒業後単身で北京大学留学。同大学国際関係学院大学院修士課程修了。英フィナンシャルタイムズ中国語版、The Nikkei Asian Reviewなどでコラムニストを務め、日・中・英の3か国語で発信する。12年8月渡米、ハーバード大学ケネディスクールフェローに就任。著書に『われ日本海の橋とならん』(ダイヤモンド社)など。

古市憲寿[ふるいち・のりとし]

1985年東京都生まれ。東京大学大学院総合文化研究科博士課程在籍。慶應義塾大学SFC研究所訪問研究員(上席)。有限会社ゼント執行役。専攻は社会学。著書に『絶望の国の幸福な若者たち』(講談社)、『希望難民ご一行様』(光文社新書)などがある。NHK総合「NEWS WEB24」月曜日のナビゲーターを務める。

PHP新書

PHP INTERFACE
http://www.php.co.jp/

頼れない国でどう生きようか　（PHP新書829）

二〇一二年十一月一日　第一版第一刷

著者――加藤嘉一・古市憲寿
発行者――小林成彦
発行所――株式会社PHP研究所
東京本部――〒102-8331　千代田区一番町21
新書出版部　☎03-3239-6298（編集）
普及一部　☎03-3239-6233（販売）
京都本部――〒601-8411　京都市南区西九条北ノ内町11
組版――有限会社エヴリ・シンク
装幀者――芦澤泰偉＋児崎雅淑
印刷所
製本所――図書印刷株式会社

ISBN978-4-569-80817-8

PHP新書刊行にあたって

「繁栄を通じて平和と幸福を」(PEACE and HAPPINESS through PROSPERITY)の願いのもと、PHP研究所が創設されて今年で五十周年を迎えます。その歩みは、日本人が先の戦争を乗り越え、並々ならぬ努力を続けて、今日の繁栄を築き上げてきた軌跡に重なります。

しかし、平和で豊かな生活を手にした現在、多くの日本人は、自分が何のために生きているのか、どのように生きていきたいのかを、見失いつつあるように思われます。そして、その間にも、日本国内や世界のみならず地球規模での大きな変化が日々生起し、解決すべき問題となって私たちのもとに押し寄せてきます。

このような時代に人生の確かな価値を見出し、生きる喜びに満ちあふれた社会を実現するために、いま何が求められているのでしょうか。それは、先達が培ってきた知恵を紡ぎ直すこと、その上で自分たち一人一人がおかれた現実と進むべき未来について丹念に考えていくこと以外にはありません。

その営みは、単なる知識に終わらない深い思索へ、そしてよく生きるための哲学への旅でもあります。弊所が創設五十周年を迎えましたのを機に、PHP新書を創刊し、この新たな旅を読者と共に歩んでいきたいと思っています。多くの読者の共感と支援を心よりお願いいたします。

一九九六年十月

PHP研究所

PHP新書

［社会・教育］

117 社会的ジレンマ　山岸俊男
134 社会起業家「よい社会」をつくる人たち　町田洋次
141 無責任の構造　岡本浩一
175 環境問題とは何か　富山和子
324 わが子を名門小学校に入れる法　清水克彦／和田秀樹
335 NPOという生き方　島田 恒
380 貧乏クジ世代　香山リカ
389 効果10倍の〈教える〉技術　吉田新一郎
396 われら戦後世代の「坂の上の雲」　寺島実郎
418 女性の品格　坂東眞理子
495 親の品格　坂東眞理子
504 生活保護vsワーキングプア　大山典宏
515 バカ親、バカ教師にもほどがある　藤原和博／［聞き手］川端裕人
522 プロ法律家のクレーマー対応術　横山雅文
537 ネットいじめ　荻上チキ
546 本質を見抜く力 ――環境・食料・エネルギー　養老孟司／竹村公太郎
558 若者が3年で辞めない会社の法則　本田有明
561 日本人はなぜ環境問題にだまされるのか　武田邦彦
569 高齢者医療難民　吉岡 充／村上正泰
570 地球の目線　竹村真一
577 読まない力　養老孟司
586 理系バカと文系バカ　竹内 薫［著］／嵯峨野功一［構成］
599 共感する脳　有田秀穂
601 オバマのすごさ やるべきことは全てやる！　岸本裕紀子
602 「勉強しろ」と言わずに子供を勉強させる法　小林公夫
616 「説明責任」とは何か　井之上 喬
618 世界一幸福な国デンマークの暮らし方　千葉忠夫
619 お役所バッシングはやめられない　山本直治
621 コミュニケーション力を引き出す　平田オリザ／蓮行
629 テレビは見てはいけない　苫米地英人
632 あの演説はなぜ人を動かしたのか　川上徹也
633 医療崩壊の真犯人　村上正泰
637 海の色が語る地球環境　功刀正行
641 マグネシウム文明論　矢部 孝／山路達也
642 数字のウソを見破る　中原英臣／佐川 峻
648 7割は課長にさえなれません　城 繁幸
651 平気で冤罪をつくる人たち　井上 薫
652 〈就活〉廃止論　佐藤孝治

654 わが子を算数・数学のできる子にする方法　小出順一
661 友だち不信社会　山脇由貴子
675 中学受験に合格する子の親がしていること　小林公夫
678 世代間格差ってなんだ　城　繁幸／小黒一正／高橋亮平
681 スウェーデンはなぜ強いのか　北岡孝義
687 生み出す力　西澤潤一
692 女性の幸福［仕事編］　坂東眞理子
693 29歳でクビになる人、残る人　菊原智明
694 就活のしきたり　石渡嶺司
706 日本はスウェーデンになるべきか　高岡　望
708 電子出版の未来図　立入勝義
719 なぜ日本人はとりあえず謝るのか　佐藤直樹
720 格差と貧困のないデンマーク　千葉忠夫
735 強毒型インフルエンザ　岡田晴恵
739 20代からはじめる社会貢献　小暮真久
741 本物の医師になれる人、なれない人　小林公夫
751 日本人として読んでおきたい保守の名著　潮　匡人
753 日本人の心はなぜ強かったのか　齋藤　孝
764 地産地消のエネルギー革命　黒岩祐治
766 やすらかな死を迎えるためにしておくべきこと　大野竜三
769 学者になるか、起業家になるか　城戸淳二／坂本桂一
780 幸せな小国オランダの智慧　紺野　登
783 原発「危険神話」の崩壊　池田信夫
786 新聞・テレビはなぜ平気で「ウソ」をつくのか　上杉　隆
789 「勉強しろ」と言わずに子供を勉強させる言葉　小林公夫
792 「日本」を捨てよ　苫米地英人
798 日本人の美徳を育てた「修身」の教科書　金谷俊一郎
816 なぜ風が吹くと電車は止まるのか　梅原　淳
817 迷い婚と悟り婚　島田雅彦
818 若者、バカ者、よそ者　真壁昭夫
819 日本のリアル　養老孟司
823 となりの闇社会　一橋文哉

［自然・生命］

208 火山はすごい　鎌田浩毅
299 脳死・臓器移植の本当の話　小松美彦
659 ブレイクスルーの科学者たち　竹内　薫
777 どうして時間は「流れる」のか　二間瀬敏史
797 次に来る自然災害　鎌田浩毅
808 資源がわかればエネルギー問題が見える　鎌田浩毅
812 太平洋のレアアース泥が日本を救う　加藤泰浩